Paris - New York

Les Éditions du Vermillon reconnaissent l'aide financière
du Conseil des Arts du Canada,
du Conseil des arts de l'Ontario, de la Ville d'Ottawa,
et du gouvernement du Canada (Programme d'aide
au développement de l'industrie de l'édition, PADIÉ, du
ministère du Patrimoine canadien) pour leurs activités d'édition.

Le Conseil des Arts
du Canada
DEPUIS 1957

The Canada Council
for the Arts
SINCE 1957

ONTARIO ARTS COUNCIL
CONSEIL DES ARTS DE L'ONTARIO

 Patrimoine canadien   Canadian Heritage

Données de catalogage avant publication
de la Bibliothèque nationale du Canada

Grosmaire, Jean-Louis
Paris-New York

ISBN 1-894547-33-0

I. Titre.

PS8563.R959P366 2002   jC843'.54   C2002-900430-6
PZ23.G76Pa 2002

Sur la couverture :

Le Loup et la Grosse Pomme, **Mathieu Legault**

Photographie de l'auteur, Pierre Cliche

Les Éditions du Vermillon
305, rue Saint-Patrick
Ottawa (Ontario) K1N 5K4
Téléphone : (613) 241-4032   Télécopieur : (613) 241-3109
Courriel : editver@magi.com
Site Internet : http:/francoculture.ca/edition/vermillon

Diffuseur
Prologue
1650, Lionel-Bertrand
Boisbriand (Québec) J7H 1N7
Téléphone : (1-800) 363-2864 (450) 434-0306
Télécopieur : (1-800) 361-8088 (450) 434-2627

ISBN 1-894547-33-0
COPYRIGHT © Les Éditions du Vermillon, 2001
Dépôt légal, premier trimestre de l'an 2002
Bibliothèque nationale du Canada

JEAN-LOUIS GROSMAIRE

PARIS-NEW YORK

ROMAN

 Vermillon

Chapitre premier

Quelle chance!

Je m'appelle Louis Travelle, dit le Loup. Tout le monde me nomme ainsi, même mes professeurs, du moins les plus sympas. Je prends des notes dans ce calepin, car plus tard j'aimerais être grand reporter ou écrire des romans d'aventures. On me reconnaît facilement, j'ai les cheveux un peu plus longs que la moyenne. J'aime sentir mes cheveux dans le vent. Mes parents ne raffolent pas de ça, disons qu'ils tolèrent. Ils sont un peu sévères, mais compréhensifs. Pas de conflits de générations chez nous. Mon père, qui travaille comme un fou, et ma mère, qui travaille tout autant, ne sont pas nos ennemis. Il y a entre nous, selon ma mère, une «douce complicité». Cela veut dire qu'ils ont de l'humour et de l'amour pour nous. Ainsi on peut bouder chacun dans son coin. Faut pas que ça dure des éternités. On fait du sport ensemble, on se balade, les week-ends. Mes parents font des blagues, pas toujours drôles, je leur pardonne. Pas facile d'élever ses parents de nos jours!

J'ai un petit frère, l'Agneau, il prend de plus en plus de place à mesure qu'il grandit. Il est un peu casse-pattes et toujours le nez dans mes affaires, ironique en plus. L'Agneau a les cheveux courts, on pourrait compter les poux, s'il en avait! Si je porte des vêtements «style écolo» souple, jeans, shorts, tee-shirts, lui il est dans le courant de la mode. En ce moment il a du mal à marcher, on dirait qu'il traîne des couches. Il n'a pas le droit de mettre ce genre de vêtements pour aller à l'école, mes parents refusent, ils ont raison, il arriverait en retard!

L'Agneau est un bon gars, j'ai toujours envie de le protéger, il est si jeune, sept ans!

Les études ne sont pas ma spécialité, je me situe dans la moyenne, je sais que je devrais fournir un peu plus d'efforts. Je suis rêveur et distrait en classe. Dommage, car «sans éducation on n'est rien», me répètent mes parents. La musique, la lecture, les voyages sont mes passions. Les voyages coûtent cher, les livres aussi.

Quand je dis ce que je lis, les copains rient. Des bandes dessinées, ça passe, des histoires d'animaux c'est acceptable, des livres sur les Amériques, je ne sais pas pourquoi, les gens font la moue. J'écoute des rythmes américains, du rock doux, même du jazz, Chet Baker et les autres, on dit que ce n'est pas de mon âge, pourtant je trouve ça beau, j'ai le droit d'aimer. Il y a des plus jeunes que moi qui sont des mélomanes, des amateurs de musique classique, je les envie. Je déteste les trucs trop bruyants, je ne suis pas un agité, je cherche la mélodie. Quatorze ans, est-ce que c'est un âge pour le jazz, le blues? Les États-Unis d'Amérique me fascinent, pas leurs hommes politiques, le pays. La nature, les grands espaces, New York, le canyon du Colorado, la Californie, ça doit être extraordinaire à visiter.

Les *Harlem Globe Trotters,* les basketteurs, sont mes héros depuis la petite enfance, ce sont des jongleurs, des acrobates, des blagueurs. Je paierais une fortune pour assister à une de leurs parties.

Papa est arrivé en chantant :

– *Start spreading the news. New York, New York!* Les enfants c'est officiel, nous allons à New York, il y a un congrès sur *La mondialisation et la faim.* Toute la famille part!

Et il continue de chanter. Il est administrateur, économiste, et quel crooner! Une heure plus tard, il pleut! Pas besoin de la danse de la pluie avec lui, il ferait reverdir le Sahara en quelques fausses notes, papa!

Je suis très heureux d'apprendre la nouvelle, quelle chance! Un rêve, et un grand, va se réaliser! Youppi!

Il faudra surveiller l'Agneau, il m'inquiète un peu, il est si tête en l'air! Et New York, c'est grand!

J'ai en mémoire les attentats du 11 septembre 2001 et les images de l'effondrement des tours du *World Trade Center*. Reviennent aussitôt à mon esprit les scènes de panique et de courage qui défilèrent sur nos écrans. J'en frissonne d'inquiétude.

Hier, je suis allé caresser les chats de notre immeuble. Des gens sympathiques s'en occupent et les félins vivent dans les caves et sur les pelouses. Ma préférée, et celle de ma mère, était sur le capot d'une voiture. Blanchette m'a regardé longuement, elle semblait comprendre que je partais, elle m'envoyait plein de messages de tendresse. Heureusement que les amis des animaux vont s'occuper d'eux. Nous, on ne peut pas avoir de chats à la maison, l'Agneau est allergique. Plus je me plongeais dans les yeux de la minette, et plus elle semblait me dire : «Prudence, le Loup, Prudence». Je me suis senti bizarre. D'autres chats sont venus frôler mes jambes. Étrange. Je n'ai rien dit à personne. Le soir, je me suis couché avec un pressentiment.

Je voyais des yeux de chat et de chien dans la nuit, ils m'attiraient pour me sortir d'un trou immense, il fallait que je coure et il faisait très chaud.

Le lendemain, j'ai commencé cette chronique de notre voyage. J'espère que tout va bien se dérouler. Qui peut dire l'avenir? Les chats peut-être!

– Le Loup, tu t'es remis à écrire. Des histoires d'amour? Comment vont tes amours?

Parfois, l'Agneau est invivable, mais bon, il faut cohabiter. Chaque être supérieur a ses parasites. Ce n'est pas que je me sente au-dessus de lui. La différence d'âge crée une barrière entre nous, c'est tout.

– Qu'est-ce que tu écris?

– Mon carnet de bord.

– Bord de mer, je suppose.

– À peu près, tu n'es pas loin.

– Et où cela se passe?

– Au bord de la mer, tu l'as dit!

– Ah! Tu y vas?

– J'espère.

– Et où? La Mer morte de peur?

– L'Atlantique!

– L'océan, c'est l'eau, c'est lent, c'est beau, c'est grand.

– Poète l'Agneau!

— Atlantique?

— Ben oui, notre prochain voyage!

— *Notre* incluant *moi*?

— Hélas, oui!

— Pourquoi *hélas*?

Voilà qu'il se fâche. Sensible, l'Agneau. Je l'aime bien car il est petit, mais chaque fois c'est une averse de questions précises. Il entre dans ma tête comme un ordinateur espion!

— Tu sais bien que nous partons aux États-Unis d'Amérique dans une semaine, fin des classes, fin de ma réponse!

— Je pensais que nous allions aux USA! Et de toute façon on va à New York, pas au bord de la mer!

— C'est où alors?

— Je suis trop petit, on l'a pas encore vu en classe, ne te fâche pas!

— O.K.! L'Agneau, Papa va à un congrès et nous l'accompagnons. Six jours à New York!

— Je l'sais qu'on va à New York!

Bizz, bizzzz! Ouddouddou, il met ma patience à bout, le frangin! Et là, il boude!

Oh! Que je suis fébrile, nerveux et autres synonymes! New York! J'en rêve depuis des siècles. Toute l'Amérique est à New York! Je vais voir la Statue de la Liberté, l'*Empire State Building*, *Central Park*. J'aurais aimé visiter les tours jumelles du *World Trade Center*, tristement détruites. Cela me donne des bouffées d'angoisse et puis, je me dis que les jeunes de New York ont continué à vivre, à jouer, à aller à l'école. Alors pourquoi m'en faire?

Je lis des revues de géographie, de voyages. J'admire les parois de verre qui montent jusqu'aux nuages. J'ai le vertige, maman retiens-moi! New York, ville martyre, ville mondiale, cœur blessé, New York, ville mythique, tu fais battre mon cœur, et il s'affole comme les taxis jaunes qui foncent dans le vacarme des rues chaudes. Je suis entre joie et appréhension.

– L'Agneau, les Lavertue viennent aussi.

– Les collègues de papa! T'as pas un œil sur leur fille?

– T'en tiens une couche, toi!

– Pourquoi?

– C'est pas parce que tu parles à une fille que c'est ta petite amie pour la vie!

– Disons une douce moitié!

– Prends ton biberon et va te coucher!

– Ce que tu peux être énervé! Il n'y a que la vérité qui blesse!

Il a l'art de me mettre en boule, le frangin! Je suis déjà assez excité par le voyage! Pour me calmer, je pense à des trompettes de jazz qui coulent sur Harlem.

New York, c'est demain. J'ai un pincement au cœur. J'ai les yeux de Blanchette sur moi, dans mon insomnie, dans mes rêves. Pourvu que tout se passe bien, qu'on revienne en pleine forme, la tête bourrée de souvenirs heureux, le cœur un peu jazz, mélancolique d'avoir quitté la grosse pomme bruyante, hallucinante, le Nouveau Monde!

Vivement que l'on parte. L'attente me détruit. Des craintes m'envahissent. Pensons à autre chose.

L'école? Fin de l'année scolaire, un bulletin avec pas mal de «pourrait mieux faire». Je le sais. Au moins j'essaie. Si les profs mesuraient mes efforts plutôt que mes résultats, je serais le premier de la classe! Impossible d'expliquer ça à mes parents. «Seuls les résultats comptent». Il y a des profs qui ne me plaisent pas, ceux qui n'aiment pas mes cheveux un peu trop longs. Ils m'appellent «mademoiselle», ils ne s'excusent même pas. Je suis nul en math. Pour un gars ça ne fait pas bien, paraît-il. «Indolent» en gymnastique. «Rêveur», «inattentif», «ailleurs», c'est vrai, c'est moi ça.

Je regarde toujours par les fenêtres trop hautes, imaginées par un architecte sadique, pour pas que l'on rêve, je suppose. Même en géographie, ma discipline forte, je m'égare, je navigue sur les fleuves, voyage sur les cartes, répète des noms perdus. Heureusement que le prof m'a compris : «Si ca continue comme ça, tu vas finir prof de géo ou écrivain!» Son copain, mon prof d'anglais, est aussi foufou que lui. Il nous fait souvent rire et il nous passe de la musique : «L'anglais, cela se chante aussi», qu'il répète souvent. C'est avec des chansons que j'ai appris l'anglais, et surtout la prononciation américaine. Je suis le premier de ma classe en anglais et pas loin de l'être en géo. Miss Lavertue me donne du fil à retordre, elle me talonne en géo. Elle, c'est une boulimique de livres. Elle connaît des tas de choses. Toute la classe sait que nous partons en même temps. Les jaloux n'ont pas manqué de nous souhaiter «un joyeux voyage de noces». Quel humour!

«Bon vent!», m'ont dit les copains!

Si seulement le voyage pouvait être bon!

Chapitre deux

« Je t'aurai prévenu »

Début juillet, la grande migration des Français commence. Notre voyage serait un vrai rêve pour eux et, pour moi, c'est à peine croyable que, si jeune, je puisse vivre une telle expérience. Si j'ai un peu de chagrin, j'ai beaucoup de joie! Mon cœur fait de la trampoline dans ma cage thoracique. Voir New York, visiter la méga-ville du monde! Je sens déjà l'air frais de la baie me caresser le visage. Au loin, dans la brume océane, se dessine le pont Verrazano. Il y a de la poésie et de la frénésie dans l'air. Je me suis renseigné, je les ai feuilletées, les encyclopédies! J'ai fait des recherches sur la Toile. Je sais même quelle est la température prévue pour notre arrivée : 28° C et 80 % d'humidité. J'ai observé les rues de New York par web-cams, sur l'ordinateur familial. C'est fabuleux, la circulation, les perspectives gigantesques, les gratte-ciel!

Dire que dans quelques heures nous serons dans ces mêmes rues, à l'ombre de ces géants de béton. Sur cette ville, je sais tout et rien. Il y a tant à apprendre. New York, c'est le monde, la planète!

Nous sommes dans l'immense avion qui laisse derrière nous les plaines de l'Ile-de-France. Déjà se dessinent les falaises de Normandie, très belles, et la mer si bleue, et le continent de vert et de doré tacheté, une tapisserie de haut vol!

L'Agneau est plongé dans une revue qui explique les principales expressions américaines. Les écouteurs collés aux oreilles, il ne regarde même pas la terre que nous quittons. Maman lit un guide sur New York, elle nous a planifié une visite en règle, chaque jour est rempli! Je pense que nous verrons le maximum dans le minimum de temps! Un vrai marathon culturel! Tel jour, à telle heure, on sera ici, puis là, poussons un peu plus loin, surtout ne pas se priver d'en faire plus! Pour un peu, j'envierais Papa qui sera bloqué à l'hôtel pour son travail!

Papa consulte les dossiers du congrès. Une assemblée d'économistes, de gens de droit, ils vont s'enfermer pour parler de l'ouverture sur le monde. Bizarre! Ils discuteront de la faim et des droits des pauvres à ne plus avoir faim!

C'est compliqué, le monde des adultes. Ils ont plein de buffets à volonté, de repas, de pauses café. Ils dépensent des fortunes dans ces grands hôtels pour parler des pauvres. Une chance que les affamés ne les voient pas, ils se laisseraient mourir d'écœurement! À mon âge, si on ne comprend pas tout, on peut tout de même être surpris! Papa me dit que plus tard j'aurai «une meilleure vue d'ensemble et que je serai moins ironique». On verra, les grands ne me semblent pas tout piger non plus!

Je voyage léger, dans la soute mon gros sac à dos, en cabine mon petit. Dedans j'ai l'essentiel, un plan de New York, un baladeur, quelques disques, un livre, un pot de *Nutella,* on peut toujours avoir besoin d'un petit remontant. J'ai une étiquette sur mes deux bagages. Elles sont masquées, discrétion assurée! J'ai un petit appareil photo, un vieux, prêté par Papa, et avec mon stylo et mon calepin, je fais très reporter!

Je prends des notes, j'observe les passagers. Il y a ceux qui sont trop gros pour leur siège. Ils se tortillent tout le temps. Pourquoi ne leur en donne-t-on pas un plus large? Les rangées de premières sont presque vides. Il y a les maigrichons perdus dans leur fauteuil, des vieux, des jeunes de tous les styles : écolos, punks, relaxes, nerveux, des messieurs entre deux âges, entre deux vins, des assommés de calmants; des bébés, ceux-là je les adore, les excités comme les endormis; des gamins souriants, d'autres espiègles. Il y a des femmes voilées, des sur-maquillées, des hommes moustachus (des policiers?), des joueurs de basket dont les jambes débordent, des guitaristes sans leur guitare, des gens de toutes les races, nous y compris, et on ne mange pas la même nourriture ni de la même manière. On n'écoute pas les mêmes programmes. Chacun a, sur son écran, un choix parmi sept ou huit films, six styles de musique, des chaînes thématiques : sports, nouvelles et le reste!

Les enfants derrière nous ont l'air sympa. L'Agneau et moi, on se retourne souvent pour leur faire des sourires ou des guiliguilis sur leurs mains qu'ils tendent vers nous. Ils veulent toujours tirer mes cheveux! Je les appelle bébés. Ils nous répondent en grimaçant. Eux aussi vont au congrès sur les droits des peuples et sur la faim! Ils ont d'ailleurs toujours faim, ceux-là! Dès qu'ils se réveillent, on dirait des oiseaux au nid, et ils piaillent aussitôt!

Je viens de prendre deux photos d'eux, un plan rapproché et un panoramique où on voit davantage la cabine et les autres passagers. Je suis certain que ces photos seront réussies car les yeux de ces petits sont très expressifs, ronds et curieux. Les parents sont contents qu'on s'occupe un peu de leurs marmots, un garçon et une fille.

– Ce sont des jumeaux, nous annonce leur mère. Ils ont dix-huit mois.

– Mais ils ne sont pas pareils! s'exclame l'Agneau.

– Jumeaux, mais non identiques!

Ça lui cloue le bec, à l'Agneau. Il réfléchit, la bouche ouverte pour que l'oxygène se rende plus vite à son cerveau, je suppose.

Je m'assoupis. Trop d'excitations en si peu de temps. Je fais des cauchemars. Je suis poursuivi, il y a des escaliers métalliques sans fin. Ils se tendent vers moi en lianes enveloppantes. Des êtres au visage sévère, dont un barbu et l'autre plutôt hirsute, foncent sur moi. Ils bloquent toutes les issues. Des sirènes retentissent. Je me réveille en sursaut. Un monsieur passe dans l'allée, il est barbu et il est suivi d'un maigrelet mal peigné, un fil de fer qui se terminerait en paillasson! Les sirènes cessent, c'était l'Agneau qui imitait les voitures de police de son écran. Il aura eu le plaisir de me réveiller!

Subitement, l'Agneau est comme moi, figé!

Les deux énergumènes qui viennent de passer dans le couloir avaient vraiment l'air de bandits. Leurs regards étaient morbides. Ce n'est pas nous qu'ils observaient ainsi, mais les bébés. Wouah! Avec toutes ces histoires sordides qui circulent dans les journaux et à la télévision! Maintenant, je suis totalement réveillé.

– Tu m'aideras à New York, demande l'Agneau, je sens que je vais avoir peur là-bas.

– T'inquiète pas, nous sommes là, lui répond maman.

Elle semble avoir eu le même frisson que nous à la vue de ces deux spectres ambulants. D'ailleurs, ces loustics s'asseyent au fond du couloir, comme s'ils pouvaient ainsi tout surveiller, repérer les passagers qui vont aux toilettes ou qui se dégourdissent les jambes. Pourquoi? Que cherchent-ils? Est-ce que je ne suis pas en train de me raconter des histoires? Il faudrait que je calme mon imagination.

Nous sommes partis à onze heures du matin, nous atteindrons New York à peu près à quatorze heures, le même jour! J'essaie de me rendormir. Je n'y arrive pas. Les scènes du cauchemar me reviennent, le barbu, est-ce celui de l'allée? Je ferme les yeux. J'essaie de penser positivement, je me projette des images de canyons, de huskies joyeux dans la neige du nord des États-Unis. Sur mon écran intérieur, j'imagine les lumières vibrant sur Manhattan.

L'Agneau recommence ses bruits de sirènes. Je jette un coup d'œil sur son film. Des taxis jaunes sautent dans les rues de New York, des gens s'écartent, les voitures de police se déchaînent, les immeubles, les fenêtres, les poutres des ponts défilent. Bruits de pneus, crissements de freins, exaspérations des sirènes, jurons. L'Agneau a la bouche ouverte, il avale totalement le film. Il n'est pas en route vers New York, il est à New York. En voilà un qui ne devrait pas être surpris en arrivant.

Du côté de ma mère, c'est un drame psychologique. Des gens font de grands gestes pour expliquer des idées que personne ne partage. Cela se passe dans une vaste maison américaine. Pelouses vert fluo, fenêtres partout, arbres majestueux. Est-ce que plus le décor est grand, plus grands sont les problèmes?

Papa somnole, les lunettes pendues au bout du nez et un texte sur la faim dans le monde qui lui glisse des mains. Le texte doit être passionnant! Dommage que ce ne soit pas un congrès sur l'insomnie, cet article serait primé! Derrière nous, les bébés dorment.

«Mesdames et Messieurs, *Ladies and Gentlemen*», le commandant de bord nous signale que dans une heure, nous serons à proximité de l'aéroport JFK de New York. «En raison de possibles

turbulences, nous vous demandons de bien vouloir redresser votre siège et rester assis, merci et
patati patata...»

– Encore une heure, c'est long, soupire
l'Agneau.

Je ferme les yeux. Tout à coup je vois la
chatte Blanchette et ses beaux yeux bleus. Elle
me dit : «turbulences, turbulences». Les chats
transmettent-ils des messages? Mieux qu'Internet,
superminous! Mais qu'est-ce que cela signifie
au juste? Pourquoi cette étrange pensée, à ce
moment précis? Les gens me prendraient pour
un fou si je leur racontais ça. Qu'est-ce qui
m'attend donc de si spécial à New York? Je ne
suis pas rassuré. Je suis nerveux. Chez moi
c'est facile à constater, je bouge sans cesse les
genoux.

Je referme les yeux. Plus de Blanchette,
juste une phrase qui se forme dans mon esprit,
une phrase sans voix : «Je t'aurai prévenu.»
C'est signé Blanchette!

Chapitre trois

Ça, c'est New York!

Lavertue père vient saluer mes parents.
– Nous sommes en avant, là-bas, l'avion est si long! Alors, cela se passe bien? Je vois que vous êtes en bonne compagnie, dit-il en montrant les jumeaux hilares derrière nous.

– Ils sont bien sympathiques, répond papa. Vous êtes au même hôtel que nous, je suppose?

– Oui, c'est le centre du congrès, l'hôtel Lafayette-Versailles.

Au même instant déambulent les deux énigmatiques passagers, Barbu et Fil de fer. On dirait qu'ils prêtent l'oreille, ce qui doit être la seule chose qu'ils prêtent! Avec quelle intensité ils observent les bébés, de vrais scanners! Monsieur Lavertue ne peut s'empêcher de froncer les sourcils et de glisser à mon père :

– Il y a des gens étranges à bord...

Elle me glace, cette phrase de monsieur Lavertue. Pourquoi sent-on la menace émaner de certaines personnes? L'Agneau est encore plus sensible que moi, il regarde maman d'un air suppliant, comme s'il cherchait sa protection.

– Notre fille est dans la classe du Loup, je crois? poursuit monsieur Lavertue.

L'Agneau ricane et me donne un petit coup de genou. Je pense que je dois être rouge sanguin!

– Oui, elle est excellente en français, la rivale du Loup, dit ma mère.

– Nous faisons ce que nous pouvons, elle parle très bien le créole aussi.

– Restez-vous à New York après le congrès?

– Non, nous allons à la Guadeloupe, voir les grands-parents de Nestorine. Nous ne sommes pas allés chez mes parents depuis un an. Cinq jours à New York, cela nous suffit.

– Nous aussi, d'autant plus qu'on nous prédit une vague de chaleur.

– Je vous prie de m'excuser, Monsieur, vous devez rejoindre votre place, signale un agent de bord.

– Bien sûr, alors à la revoyure, la famille Travelle!

– Bonjour aux vôtres, lance mon père.

– Nestorine Lavertue, ironise l'Agneau, belle comme une coureuse de cent mètres, aussi gracieuse qu'une gazelle, championne en français! Toi, le Loup, quelles sont tes qualités?

– Ma grande patience envers toi!

– Mesdames et Messieurs, nous procédons maintenant à notre approche finale de l'aéroport JFK de New York. Veuillez demeurer assis et vérifier que votre ceinture est bien bouclée. *Ladies and Gentlemen...*

J'ai le cœur qui saute, New York! New York! Nous survolons une grande plage.

– Long Island! précise mon père.

C'est superbe! Moi qui m'attendais à des gratte-ciel, nous sommes au-dessus d'une ligne sablonneuse bordée de maisons et de jardins, puis d'une zone marécageuse et ensuite, dans un virage, j'aperçois la silhouette de Manhattan. Je suis hypnotisé par le spectacle!

Les voitures, les camions, les véhicules de sécurité avancent vers notre avion qui s'immobilise, comme la navette spatiale à Houston.

Tout me semble gros.

– Surdimensionné, prétend ma mère.

L'Agneau a des billes à la place des yeux. Il est ahuri. Dans le hall où nous sommes, les chariots à bagages sont plus larges que ceux de Paris, les valises qui déboulent sont de véritables armoires ambulantes et quelques personnes, parmi celles qui nous entourent, semblent «avoir un surplus de poids», dirait maman, avec tact. Elle qui fait toujours attention à sa ligne se sent à l'aise, presque fluette. Les bruits ne sont pas les mêmes que chez nous, et heureusement que je suis bon en anglais version américaine, parce que les gens n'articulent pas trop. Les haut-parleurs nous annoncent sans cesse des arrivées et des départs, des embarquements immédiats.

Les douaniers, peu souriants, posent des tas de questions à papa. On nous observe comme si nous étions des bandits. Je me demande comment ils vont réagir face à Fil de fer et au Barbu, qui sont dans la file des citoyens américains!

L'Agneau mordille la patte presque moisie de son nounours. Le douanier écrase les tampons sur les passeports de la famille et nous fait signe de circuler. Je le trouve sévère, ce n'est pas invitant. Je repense à Blanchette, à ses yeux d'azur et à ses conseils. L'Agneau fixe intensément le colosse en uniforme, derrière son guichet que l'on croirait anti-balles. Le petit frère à l'air hypnotisé par l'insigne sur la veste. Le douanier lui fait un salut militaire et sourit. L'Agneau lui tend son ours. Erreur! il ne passera pas les tests d'hygiène, c'est un bouillon de culture de la vieille Europe que trimbale l'Agneau! Il est encore bébé, mon frère, pas croyable à son âge. Je le tire aussitôt par la main, le douanier apprécie. Il a sûrement des enfants et il fait son boulot de douanier. Cette scène me réconcilie avec lui et avec le pays!

Nous voici enfin dehors avec nos sacs. Je suis étourdi par le brouhaha et la lumière vive.

Il fait chaud à crever. Les gouttes perlent sur les visages, des souffles brûlants se mélangent aux vapeurs des carburants. Nous sommes pris à la gorge. De l'air climatisé et même froid de l'aérogare, nous plongeons dans une serre urbaine. Papa pousse notre chariot. Un taxi jaune s'arrête. On monte dans la guimbarde, ce n'est pas une Mercédes, oh! non! Le chauffeur ne parle pas un mot de français, il ne parle pas, il conduit, point.

Nous avons les sens aux aguets et c'est parti! Papa indique poliment le nom de l'hôtel. Le chauffeur approuve par un grognement. On s'en fiche, on roule.

Maman s'enfonce dans le siège défoncé! Les amortisseurs de ce citron jaune sont amortis! À part le chauffeur, un malabar de cent kilos au crâne épilé, rien n'est silencieux dans ce véhicule. Quand je pense que notre taxi, ce matin, mon dieu que c'est loin, avait le GPS et l'air climatisé. Le taxi américain est jaunasse. Photo du chauffeur à gauche, comme un gangster. Des barres de métal nous séparent de lui. Le taxi grince, crie, saute. Notre chauffeur – je ne le vois que de gauche – ressemble aux gens recherchés. Ma mère est déçue, elle s'attendait à un play-boy, genre séries américaines qu'on nous impose à la télé française. Elle est servie, ma mère, un ours serait plus volubile que lui. *Wanted,* ça pourrait être son nom.

New York, ce sont d'abord des autoroutes, des ponts, des maisons, des entrepôts, de la poussière, des sacs en plastique qui flottent sur les côtés, des graffiti qui crient la misère ou la force de vivre, je ne sais pas. J'imaginais un quartier de gratte-ciel en verre et en métal, des maisons avec pelouses, des athlètes en train de courir, des terrains de tennis, des voitures rutilantes glissant en silence dans des quartiers tranquilles, ralentissant pour laisser passer, sous l'ombre des grands ormes, les chiens de race rapportant le journal entre leurs dents. Je voyais des autobus scolaires jaunes qui clignotaient et des boîtes aux lettres sur pied, des nounous et des landaus d'enfants, des bébés comme ceux que l'on admire sur les petits pots.

Sous nos yeux, ce ne sont que des hangars vieillots, un restant de marécage, quelques goélands et, dans la vapeur, la silhouette imprécise des gratte-ciel enrobés de pollution. Bon, je dois me raisonner, nous sommes dans la zone de l'aéroport, ce n'est pas l'Amérique. Je vais sûrement retrouver une image conforme à mes rêves, ce doit être la fatigue. Un jeune Américain aurait sans doute la même déception en débarquant à Paris.

Nous approchons des géants de béton. Les voilà donc, ces montagnes qui vous coupent le souffle. Vertigineux!

Un taxi aussi délabré et jaune que le nôtre nous dépasse, les passagers nous saluent.

– Les Lavertue! s'exclame l'Agneau.

Il en profite pour me donner un coup de coude en murmurant : « Nestorine... »

Mes parents leur répondent par des signes de la main. Leur taxi fonce sur la voie du milieu. Nous le perdons de vue parmi les voitures de luxe et les guimbardes.

Des échangeurs montent et descendent, un vrai labyrinthe, nous traversons un cours d'eau. Nous voici dans l'île de Manhattan, je le sais, j'ai le plan de New York en tête. Avec un bon CD-ROM, on en apprend!

La fenêtre entrouverte nous envoie un air chaud et collant. Mes cheveux se plaquent sur mes tempes. Pas de vent dans les cheveux de l'Agneau, il a la coupe *GI,* courante ici. Papa est dans le grisonnant et ma mère d'« un blond léger qui sied bien à son tailleur estival parisien », je rapporte les propos exacts de mon père.

Dans le quartier que nous traversons, je remarque des femmes en bermudas de couleurs plutôt osées, du jamais vu à Paris. C'est sympathique, libre, sans complexe. Les hommes oscillent entre deux extrêmes, soit le style carrure de déménageurs, athlètes parfaits, soit ventre ballonné soutenu par un ceinturon bien caché. Des enfants souriants dégustent des crèmes glacées à trois étages ou sirotent en marchant.

Et hop! Après quelques ultimes sauts du véhicule et quelques soupirs du chauffeur nous voici arrivés. Quel hôtel!

Un hall d'entrée large comme une rue, des tapis partout et de vraies plantes vertes. Des boutiques de luxe entre les différents salons de la réception. Ça brille et luit de mille lumières toutes allumées en plein jour. L'air climatisé nous accueille, tandis que papa paie le chauffeur qui finit par sourire légèrement au pourboire. Des grooms prennent nos bagages. Maman a l'air amusée, ils ressemblent plus aux Américains de la télé française que le chauffeur.

Des banderoles en plusieurs langues souhaitent la bienvenue aux congressistes. Nous nous regardons dans les miroirs qui vont presque

jusqu'au plafond, tout comme les plantes tropi-
cales. Dans un salon spacieux trône un énorme
vase de fleurs fraîches. Il y a des bouquets sur
les commodes. Des gens lisent des revues ou
prennent un verre. Un pianiste égrène des notes
de jazz. Les congressistes sont faciles à recon-
naître, ils portent tous des étiquettes plastifiées
avec leur nom et leur photographie. Certains
s'enregistrent aux différents ateliers et confé-
rences. Papa signe des papiers au comptoir,
maman surveille les bagages. L'Agneau et moi,
on se balade autour. Les Lavertue entrent dans
un ascenseur à l'autre bout du couloir.

Les bébés jumeaux arrivent, les deux dans
la même poussette que dirige le père. Nous nous
approchons, mon frère et moi. Leurs frimousses
s'agitent, ils battent des pieds, on dirait qu'ils
veulent toujours nous montrer leurs beaux petits
souliers! Leur mère est contente que nous soyons
au même hôtel. Moi, des bouts de chou qui me
font la risette, je fonds!

Avec tous ces miroirs, un étrange phéno-
mène de réflexion se produit. Je vois, presque
cachés derrière leurs journaux, Fil de fer et le
Barbu!

Je continue de taquiner les enfants, mais
un frisson me parcourt l'échine. Je suis sous
haute tension.

– À bientôt les amis! Allez, nous aussi nous devons nous enregistrer.

Les parents nous quittent avec leur progéniture. Un porteur pousse leur chariot de bagages.

Maman nous appelle. Nous montons dans l'ascenseur. Je suis songeur.

Deux chambres communicantes, parfait. L'Agneau et moi nous aurons la paix. Deux télés, une dans chaque chambre, l'idéal. Vue imprenable sur les gratte-ciel d'en face. On aperçoit à peine un carré de ciel, si on se penche beaucoup. Les fenêtres ne s'ouvrent pas, juste une minuscule vitre pour laisser passer un peu d'air chaud du dehors. Nous sommes au douzième étage ou au vrai treizième, qui n'existe pas. Au–dessus de nous c'est le quatorzième étage.

L'Agneau a déjà la télécommande en main. Les quarante chaînes non payantes défilent. Ça tire à bout portant, des voitures dérapent, explosent, des films classiques en somme. J'inspecte les lieux, shampoings en petites bouteilles, toilettes recouvertes de papier, pour nous signaler que c'est désinfecté, verre sous plastique, pour nous dire qu'il n'y a pas de microbes, papier à lettre de l'hôtel, pour montrer aux amis que l'on se paie du luxe et que l'on écrit avec le stylo de l'hôtel. Ça fait chic, en classe!

«Oh! Je l'ai eu à New York!»

Maman nous donne les consignes.

– Vous ne parlez à personne, pas un mot aux gens que vous ne connaissez pas. Vous ne sortez jamais de l'hôtel sans nous. Vous me dites toujours où vous êtes. Vous ne me quittez pas!

– Pas besoin de te dire où on est si on est avec toi!

– Comprends-moi, l'Agneau, si tu vas à la piscine, tu me le dis!

– Il y a une piscine!

– Sur le toit.

– On y va!

– Attends-moi!

– Méfiez-vous, ici c'est l'Amérique.

– C'est comme à Paris.

– Pas tout à fait, vous êtes des étrangers.

– C'est-à-dire?

– L'Agneau, tu ne connais pas le pays, le comportement des gens, et toi, en plus, tu ne parles pas anglais.

– Un peu.

– Soyez très prudents, je vous en supplie!

– Oui, maman!

Elle déteste que l'on chantonne cela en chœur.

Les trois, nous montons vers la piscine.

Superbe! Ça, c'est New York! Là, nous y sommes vraiment. La piscine est bleue, vraiment bleue. La ville palpite en bas, vrombit comme une immense colonie d'insectes. Grimpent jusqu'à nous des bruits de klaxons, de métal, des senteurs de restaurants, des vapeurs de cheminées des gratte-ciel qui sculptent l'horizon. On aperçoit le mythique *Empire State Building*, et de l'autre côté ce triste vide laissé par la disparition des tours jumelles du *World Trade Centre*. Le panorama reste grandiose! Enfin nous sommes en Amérique! Et heureusement que la vitre qui nous sépare de ce spectacle est très haute, parce que j'ai le vertige.

La piscine n'est pas immense, mais c'est parfait pour moi.

Les Lavertue sont déjà là. Nestorine est dans l'eau et son frère Hippolyte plonge devant nous. Nestorine a quatorze ans et son frère sept.

– Heureusement que vous êtes là, me dit Nestorine, car il n'y a pas beaucoup d'enfants dans l'hôtel.

– Nous, on ne risque pas de s'ennuyer. Ma mère nous a concocté un programme de visites, tout ce qu'il y a de plus complet.

– Nous sommes déjà venus à New York, en route vers la Guadeloupe, ce qui fait que nous irons un peu à droite et à gauche. Et j'ai déjà un contrat de gardienne! Nos voisins de chambre m'ont demandé si je pouvais leur donner un coup de main pour surveiller leurs enfants de temps à autre, surtout le soir. Lorsqu'ils participeront à des ateliers du congrès.

– Les enfants, ce ne sont pas les petits jumeaux?

– Si! Ils sont adorables. Imagine, le Loup, je vais gagner de l'argent à regarder la télé américaine avec eux. Génial, non?

Tout à coup, un poids me tombe sur les épaules. Si je n'étais pas en forme, je ferais une crise cardiaque. J'ai le souffle coupé. Décidément, je les vois partout, ceux-là. Ils viennent de passer dans le couloir, derrière la baie vitrée, Fil de fer et le Barbu! Autant Fil de fer est raide et maigre à effrayer les corbeaux, avec ses cheveux en ficelles, autant le barbu est flasque et visqueux. Il semble toujours ondoyer, s'insinuer, se coller au décor. Leur seul point commun : leur regard! Des rayons de méchanceté jaillissent de leurs orbites. On dirait qu'il n'y a que moi pour lire ainsi sur leur visage.

– Qu'est-ce qui t'arrive? me demande Nestorine.

Et elle suit mon regard.

– Beurk! fait-elle.

Silence entre nous

Puis elle murmure :

– C'est la mort qui passe.

Chapitre quatre

Des gens bizarres

Le décalage horaire me joue de vilains tours. Je dors très mal, je me réveille souvent et je pense trop et négativement. Malgré l'épaisseur des vitres montent les bruits de la ville. Les sirènes des voitures de police ou d'ambulance rythment mon insomnie. Peut-être est-ce la nourriture qui ne passe pas ou qui veut repasser. Hier soir, j'ai mangé un club-sandwich gigantesque. Mes parents étaient effrayés devant mon plat. Les frites n'ont pas le même goût qu'à Paris. Je les ai digérées une par une tout au long de la nuit. Au milieu des relents de mayonnaise me revenaient les visages de Fil de fer et du Barbu. L'Agneau s'était endormi avec son baladeur sur les oreilles, ce que maman lui interdit, et j'entendais le grésillement de son appareil près de moi, cela me rappelait les frites, pouah! Je n'ai pas osé éteindre le baladeur de peur de le réveiller. Je me suis donc farci le rythme répétitif de la musique favorite de l'Agneau.

Ce matin, me voici devant un petit déjeuner monstrueux. Deux œufs gluants se promènent sur une feuille de salade molle et une tranche de tomate plastique, des carrés de pommes de terre épicées accompagnent trois tranches de bacon. Le jus d'orange est glacé et le pain ressemble à du carton luisant de graisse. J'ai l'air de faire le difficile, mais d'habitude je mange plus simplement. J'aurais préféré qu'on prenne l'option buffet, comme les Lavertue, qui petit déjeunent à côté de nous. Au moins, ils peuvent manger des croissants et de la confiture. En fait, mon repas d'hier m'est resté sur l'estomac. Demain, je vais convaincre mes parents, option buffet, s'il vous plaît.

Papa va participer aux réunions. Maman a prévu notre programme et, pour aujourd'hui, les Lavertue, sauf le père qui est aussi au congrès, vont se joindre à nous. Statue de la Liberté le matin et *Empire State Building* l'après-midi. Le soir, nos parents ont une réunion solennelle. Nous, les enfants Travelle et Lavertue, nous veillerons sur les jumeaux. On regardera la télé ensemble, on jouera avec eux et s'ils pleurent, on pourra les promener dans les salons et les couloirs de l'hôtel. Bon, ce ne sera pas la soirée idéale, mais que faire? Impossible pour nous de sortir dans Manhattan.

Nous visitons la Statue de la Liberté. Impressionnante sur son socle, la Française. Ça tire sur les jambes que de monter dans sa robe! La tête et sa couronne de sept rayons, la torche tendue vers le ciel! Je suis heureux d'être ici. C'est un moment unique dans ma vie. La vue de New York est spectaculaire. Là on se sent en Amérique, celle qu'on imagine de l'étranger. Je savoure le vent de la baie. On voit la ville au loin, dans la brume. Les gratte-ciel brillent.

Les jumeaux et leur maman sont de la partie. Je m'amuse avec eux, ils sont adorables. On ne les a pas amenés au sommet, ils sont restés avec leur mère sagement à l'ombre dans le petit jardin, près du socle. Ils bougent tout le temps, sauf quand ils tombent endormis. C'est subit et beau à voir. Leurs petits yeux clignotent, leurs têtes pendent et hop! Ils sont dans le dodo. Je ferais volontiers comme eux! J'ai parfois des coups de barre qui rendent mes paupières pesantes. Lara a les cheveux blonds, bouclés, et des yeux clairs. Bertrand a les yeux aussi bleus que ceux de sa sœur, et ses cheveux sont presque noirs.

J'aime quand les petits gigotent dans la poussette. Ils sourient toujours lorsqu'ils nous voient, ils nous tendent la main et nous montrent l'horizon en faisant des *oh! oh!* d'étonnement. Leur maman les adore et elle ne les quitte pas des yeux.

– Les gens nous prennent pour des fous! «Ils sont si jeunes, ils ne supporteront pas le voyage, c'est trop de décalage horaire pour si peu de temps, laissez-les à une gardienne!» Nous en avons entendu des commentaires et des recommandations! Mes parents m'ont toujours trimballée dans leurs voyages. À l'époque, c'était moins facile que de nos jours, alors je ne vois pas pourquoi je me priverais du plaisir d'être avec eux.

Dans l'ascenseur de l'*Empire State Building*, les jumeaux se sont mis à pleurer. Nestorine s'est penchée sur eux et ils se sont aussitôt arrêtés.

– Ça me rassure pour ce soir. Bravo, Nestorine, tu as le tour avec eux. J'ai confiance. Tu sais t'y prendre.

Du sommet du gratte-ciel, nous avons admiré la vue. Maman nous a expliqué que là-bas c'était Queens, là le Bronx, Central Park, Harlem, le fleuve Hudson, Soho, Times Square et ses néons, Broadway. Je suivais sur notre carte les indications de ma mère. De cette ville, je ne veux rien manquer.

L'Agneau a pris des photos avec son appareil jetable, comme ses photos!

Le soir venu, après le repas, notre premier tour de garde commence. Je suis fatigué. Nous sommes dans la suite des Lefranc, ainsi leurs enfants seront dans leurs petits lits et leurs affaires. Les parents sont tous à la réception solennelle, dans les grands salons, en bas.

Nous regardons un peu la télévision, il y a tant de postes. Au début, cela nous distrait, puis les jumeaux s'ennuient. Ils veulent qu'on les prenne dans nos bras, qu'on joue avec les rares jouets apportés de France. À côté de la porte, il y a la poussette double, pliante. Nous nous en servirons si les enfants piquent une crise. Balade garantie dans les couloirs de l'hôtel.

– Vous ne sortez pas de l'hôtel, vous n'ouvrez pas la porte si quelqu'un frappe, vous ne parlez à personne.

Madame Lefranc nous a dit et répété ses consignes plusieurs fois.

– Pourquoi? a fini par demander l'Agneau.

– Parce qu'il faut être prudent. On ne peut se fier aux gens.

On s'enquiquine dans cette chambre. On a beau être six enfants, les deux Lavertue, nous deux, les deux Lefranc, nous ne sommes pas chez nous. Heureusement, mon estomac s'est replacé, finies les frites et adieu le méga club-sandwich!

– Si on jouait à la cachette, suggère l'Agneau.

– O.K., mais dans les deux chambres seulement, pas le droit de sortir, affirme Nestorine.

Et c'est parti! On s'amuse bien, les bébés rient de nos petits cris, et on s'arrête. Le jeu est épuisé, nous aussi.

– Je vais chercher mon baladeur, lance l'Agneau en sortant.

À peine une minute plus tard, il surgit dans la chambre. Il est vert comme des pois surgelés.

– Qu'est-ce qui t'arrive?

Il essaie de retrouver son souffle et il nous montre du doigt le couloir. Je regarde par le judas, rien. J'entrouvre la porte, doucement, je glisse la tête dehors. Je vois deux silhouettes, deux imperméables qui s'enfuient par l'escalier de secours, celui de droite. Je les reconnais! Fil de fer et le Barbu!

Je referme la porte. L'Agneau, le souffle court, est assis sur le lit.

Nestorine lui apporte une serviette trempée dans de l'eau froide.

– Raconte, supplie-t-elle.

– J'ai pris l'escalier de secours, celui de gauche, pour me rendre à nos chambres, à l'étage au-dessous. En ouvrant la porte qui donne sur notre couloir, je les ai vus! Ils marchaient à pas lents. Ils ne parlaient pas. Je n'ai pas bougé. Ils se sont arrêtés devant nos deux chambres et sont restés les oreilles collées contre nos portes, puis ils sont partis par l'escalier.

L'Agneau reprend son souffle. Son visage est vert.

– Qui « ils »? demande Nestorine.

– Les types bizarres de l'avion, le barbu et le squelette!

– Hein?

– Ce sont eux, et en plus ils portent les mêmes imperméables, avec la chaleur qu'il fait, impossible de me tromper!

Il respire profondément et continue :

– Je suis remonté discrètement par l'escalier de gauche, et doucement j'ai ouvert la porte et là, je les ai revus!

L'Agneau est de nouveau essoufflé.

– Et? insiste Nestorine.

– Ils écoutaient à cette porte, là, ici!

– Attends, je vais voir s'ils sont peut-être de retour. Lentement Hippolyte, le frère de Nestorine, entrouvre la porte.

– Personne! Ça devait être un mirage.

– Oh! Non! Ils ont vraiment collé leur oreille à la porte et ils sont partis en se frottant les mains.

– Ils t'ont repéré?

– Non, j'en suis certain. Je suis arrivé tout de suite ici.

– Moi aussi je les ais vus, il y a quelques instants, lui dis-je.

– Ils ont dû entendre notre porte claquer et ils sont revenus, peut-être pour vérifier s'ils pouvaient voler, s'il n'y avait plus personne, pour entrer.

– L'Agneau, tes gaillards, ils portaient des imperméables crasseux?

– Oui, c'est ça, ce sont eux. J'ai peur.

– Qu'est-ce qu'ils ont à nous espionner? Qu'est-ce qui les intéresse donc tant dans nos chambres? s'interroge Nestorine

– J'ai la trouille, confie Hippolyte.

Oh! là! là! J'ai hâte que mes parents reviennent. Et les poussins qui ne veulent pas dormir. Je suis l'aîné de notre tribu, je dois me montrer solide. Pourtant je suis angoissé. Est-ce que je dois informer nos parents et leur dire que des individus louches rôdent aux alentours? Qu'est-ce qu'on fait?

– Ce ne sont pas des gens normaux, c'est évident. Ils nous suivent depuis l'avion, confirme Nestorine

– Intéressés par quelque chose ou quelqu'un.

Je lâche ça sans vraiment m'en rendre compte, je réfléchis à haute voix.

On s'observe tous. Qui? Qui les attire tant ici?

– Eux? Demande Hippolyte en pointant du doigt les jumeaux.

– Pourquoi eux? questionne l'Agneau.

Le téléphone sonne. On sursaute.

Je décroche. Je n'entends rien.

Je sue à grosses gouttes. Les autres me fixent intensément.

Sonnerie de nouveau. Nestorine saisit le combiné, peut-être aura-t-elle plus de chance. Elle met le haut-parleur.

– Bonjour les enfants! Tout va bien?

– Oui, oui, Madame Lefranc.

– Es-tu certaine Nestorine? Je te trouve une voix bizarre.

– Ben, euh, euh...

– Explique-toi. Il n'est rien arrivé aux petits?

– Eux, non...

– Vous?

– Ben on trouve qu'il y a des gens bizarres dans l'hôtel.

– Vous êtes sortis de la chambre.

– Juste l'Agneau.

– Et?

– Des hommes en imperméable écoutent à nos portes.

– Étrange, en effet... On arrive dans une demi-heure, n'ouvrez à personne, ça m'inquiète.

Chapitre cinq

De l'air! De l'air!

La nuit a été mauvaise. J'espère que la journée sera meilleure. Nous sommes mardi, il fait très chaud, nous annonce la télévision, au-dessus de 35° C et 90 % d'humidité. Qu'avons-nous au programme aujourd'hui?

Visite du *Metropolitan Museum of Art,* le *Met.* On y va en autobus avec les jumeaux. Le musée n'est pas très loin de l'hôtel, et se promener en autobus à New York me donne l'impression d'être un New-Yorkais. Les grands magasins *Macy's.* La *New York Public Library,* j'aimerais savoir combien de livres s'y trouvent! *Central Park!* C'est grand, et nous n'en apercevons qu'une pointe! Que de sportifs! Il y a même des amateurs de modèles réduits d'avions. Où que l'on pose son regard dans cette ville, on est étonné, admiratif, choqué, et les habitués, eux, sont d'un calme surprenant. Je les trouve même plus détendus qu'à Paris!

Les publicités sont attirantes, mouvantes, colorées, brillantes, originales. L'Agneau et moi, on lit à voix haute leurs messages. Cela fait sourire ma mère.

Je me sens bizarre, et de nouveau l'estomac barbouillé. Je suis un peu dans les vaps. Je me suis réveillé au milieu de la nuit. Je ne savais pas où j'étais, ici ou à Paris.

J'avais soif.

En ce moment, je dormirais tout de suite et pour des heures, alors qu'il n'est que dix heures du matin!

La journée sera longue. Heureusement, les jumeaux sont très sages et me tiennent éveillé. Ils se fichent de ce qu'on leur montre, ils regardent surtout les visiteurs. Moi, je suis intéressé, mais un peu ailleurs. Il est temps que l'on quitte ce «temple de la culture», selon maman.

Entrer dans le *Met,* c'est pénétrer dans un labyrinthe de trésors inouïs. Parmi les millions d'œuvres, il fallut choisir. Maman a un faible pour la peinture européenne, même aux États-Unis! Madame Lavertue est passionnée de peinture américaine. Nous avons suivi ces deux dames. Ce fut plutôt intéressant. Après tout, ce sont les œuvres de génies que nous avons sous les yeux. L'Agneau et moi, nous sommes toujours un peu en avance sur nos guides. Dans les salles suivantes, c'est l'inverse. Moi, ce qui m'intrigue le plus, ce sont les pyramides et l'art égyptien, peut-être parce que nous avions eu un excellent professeur d'histoire. Au *Met,* je me régale. Je ne me souviens pas des milliers d'objets présentés. Je suis surtout fasciné par les bijoux en or, en turquoise, les statues et les sphinx. Voir cela à New York, on en oublie la ville, le temps. Nous sortons de là fourbus et éblouis.

Retour à l'hôtel, chacun va faire la sieste après un sandwich qui ne passe pas. Décidément, je n'ai pas de chance avec la gastronomie américaine. La dinde mayonnaise entre deux tranches de pain squatte mon estomac. Elle se débat encore dans la bouillasse de frites cartonnées que je n'aurais pas dû toucher. Passons sur les détails!

Cet après-midi, nous avons un programme idéal, piscine et relaxation. Comme on garde les jumeaux, on ne s'ennuiera pas. Ils sont de plus en plus attachants. Lara sourit tout le temps. Elle a les yeux vifs et d'un bleu envoûtant. Bertrand est un peu plus sérieux, très comédien. J'aime quand les enfants s'agrippent à moi!

Pas vu Fil de fer ni le Barbu. On respire. Après nos histoires, les Lefranc ont demandé que ces individus louches soient contrôlés, dès qu'ils réapparaîtront, par les agents de sécurité de l'hôtel, et cela semble efficace, nous avons la paix. Les loustics ont dû se rendre compte qu'ils sont repérés. Après tout, ce ne sont peut-être que de vulgaires voyous, des voleurs sans envergure. Cela me tracasse tout de même, ils étaient dans l'avion et on les retrouve à l'hôtel. Si seulement j'avais le flair de tous ces archéologues qui, par raisonnement, méthode, sont arrivés aux découvertes fabuleuses que nous avons contemplées au *Met!* Il y a une énigme là-dessous! Peut-être que mon imagination me joue des tours.

L'après-midi est agréable. Nous jouons à l'ombre des parasols. Des gens vont et viennent autour de la piscine. Les gratte-ciel scintillent dans la vapeur qui s'échappe des rues.

Ce soir, nous surveillons de nouveau les enfants dans les chambres des Lefranc. Les petits vont et viennent, ils jouent entre les fauteuils et les lits. Nous finissons tous assoupis devant la télévision. L'Agneau se fatigue même de zapper. Nestorine est somnolente, son frère Hippolyte blague avec l'Agneau. Les jumeaux ne tiennent plus debout. Nous les couchons dans leurs lits que nous avons avancés près de nous, dans la section salon de cette suite. Les petits sont si fatigués que leurs yeux clignotent. Ils ferment leurs menottes. Moi aussi je me sens attiré par le sommeil. Mes jambes sont lourdes, j'ai l'esprit vaseux. Je remarque que l'Agneau et

Hippolyte ne valent pas mieux. Il me semble même que l'écran vacille, que l'image papillote. J'essaie de garder les paupières ouvertes.

– Vous trouvez pas que cela sent biza...

Je ne finis pas ma phrase. Je n'en peux plus. Je lâche prise. Je suis presque endormi.

Quelque chose au fond de moi sonne l'alarme. De l'air! De l'air! On est en train de s'empoisonner! C'est irrespirable ici. Ouvrir! Il faut ouvrir une fenêtre. J'ai à peine la force de regarder vers la fenêtre. Inutile, elles sont complètement scellées. Ah oui! Il y a cette minuscule section que l'on peut ouvrir. Faut que j'y arrive ou que j'atteigne la porte du couloir. Même si on nous a dit sur tous les tons : « N'ouvrez à personne! Appelez d'abord la réception, vous avez bien compris, les enfants! »

Non, ce n'est pas le décalage horaire qui nous fait ça. Ni la nourriture, nous n'avons pas mangé la même chose. J'ai du mal à aligner mes idées. Je plonge dans un cauchemar qui m'englue. Nous sommes dans un piège! Vite! Vite! Ouvrir la petite fenêtre. Si je l'atteins, nous sommes sauvés. J'en suis certain. C'est notre vie que je défends, je dois réussir. Je parviens à bouger quelque peu. Chaque mouvement est un supplice. Si je m'allonge, je m'endors. Je sais que ce n'est pas normal. Que se passe-t-il? Mon esprit n'est plus capable de raisonner. Mon seul objectif, c'est de l'air frais, de l'air, la fenêtre! J'y suis! Elle résiste. Je suis à genoux, ma tête est une enclume. Je vais tomber. Ça y est! La fenêtre se débloque, elle glisse! L'effort est trop grand, je m'écroule. J'ai la bouche ouverte sur le tapis. Un filet d'air chaud et humide coule dans la pièce, rien qu'un souffle que j'avale goulûment.

La porte est secouée. Quelqu'un essaie de la briser. C'est sûrement du secours, les systèmes d'alarme ont dû retentir. Si j'avais un peu d'énergie, je pourrais y aller. J'essaie de ne pas m'évanouir. Je suis accroché à ce maigre oxygène de vie. Mon dieu, aidez-moi!

La porte claque dans un fracas immense. L'air de la rue s'engouffre vers le couloir. Je revis. Ce que j'entrevois depuis mon coin de tapis est ahurissant.

— Non! Non! Ne faites pas ça!

J'ai envie de hurler. Impossible, rien, je ne peux rien articuler. Eux ne me voient pas, ils pensent que, comme les autres, je suis dans les nuages. Jamais de ma vie mon cœur n'a autant cogné! Quel vacarme dans ma cage thoracique!

— Horreur! Que font-ils? Nooon! NON!

Chapitre six

Rapt à New York

L es salauds! Les monstres! Il y a des gens pourris!

Ne bouge pas, le Loup, ne bronche pas, sinon, ils vont te tuer, t'assommer. Fais semblant de rien. Il y va de ta peau. Mon instinct de survie commande. Ah! Les vaches! Ils sont quatre, ils courent dans la chambre, enveloppent les jumeaux dans des couvertures et, en moins de deux secondes, les voilà qui foncent dans le couloir. Que font les agents de sécurité de l'hôtel? C'est incroyable. Les bandits sont entrés comme d'honnêtes clients, bien habillés, ils ont déjoué tout le monde, c'est ahurissant.

Subitement, moi qui étais amorphe, je suis un félin qui rugit, un tigre sur des ressorts. Au fond de moi monte une énergie volcanique. Je m'élance. Je ne dois pas crier, et pourtant j'ai une terrible envie de hurler, mais je sais que cela ne sauvera pas aussitôt les jumeaux. Être plus rapide que les truands! Ces enfants, j'en suis responsable, jamais je ne les abandonnerai, jamais! Je les défendrai au risque de ma vie. Je suis inconscient du danger. Je m'en fiche si ce couloir est celui de ma mort. Ces petits, je les aime et je les suivrai jusqu'au bout du monde. Je délivrerai ces enfants des griffes des bandits.

Ils descendent l'escalier de secours. Pas fous, ils vont sortir discrètement en bas par le parking. L'ascenseur est devant moi. Ils ont dû le prendre pour atteindre notre chambre. Je saute dedans. Rez-de-chaussée. Est-ce que je vais arriver avant eux? Ils ne peuvent pas aller trop vite, à cause des bébés. Mes neurones sont en ébullition.

Pense un peu, le Loup, ils ne vont peut-être pas au rez-de-chaussée. Ils ne passeront pas gentiment dans le hall d'entrée. Et puis ils peuvent s'arrêter à n'importe quel étage. Je panique. Où dois-je aller? J'aurais mieux fait de les suivre dans l'escalier.

Je me crois toujours plus astucieux que les autres. Pourquoi ne pas prévenir tout de suite la police? Je ne suis rien face aux malfrats, quelle prétention de ma part! Comment trouver de l'aide? Qui va me croire? Retourner à la chambre pour téléphoner, qu'on ferme toutes les issues, pourquoi ne pas y avoir pensé tout de suite!

C'est trop tard. Les enfants! Que vont-ils leur faire? Où sont-ils maintenant? que je suis idiot! Je note qu'il y a quatre étages de stationnement, P1, P2, P3, P4. Lequel prendre?

Les numéros des étages défilent avec une lenteur épuisante. 4, 3, 2, 1. Mon cœur accélère à chaque marque, zéro, *Main Lobby*.

Je sors, tant pis!

Je suis nez à nez avec les Lefranc et mes parents.

– Les jumeaux! On vient de les kidnapper!

– Qu'est-ce que tu racontes?

– Kidnappés! Quatre hommes. Ils sont partis par cet escalier de service. Il y a quelques secondes. Vite, appelez de l'aide!

Je fonce vers les stationnements.

– Le Loup! Non!

C'est ma mère qui a crié. Je suis déjà en bas. Je me doute que mon père est en train d'alerter tout le personnel.

Je descends l'escalier à toute vitesse.

P1, je jette un coup d'œil, rien.

P2, P3, rien non plus.

P4, rien. Sauf, si! J'y suis, une chaussure de Bertrand, bleue, je le sais, je passe mon temps à lui renouer son lacet. Prudence, le Loup! Prudence! Il me semble entendre la chatte Blanchette. Elle me prête ses yeux, la petite! Prudence. Pénombre dans le sous-sol.

Je marche lentement en me dissimulant derrière les colonnes, les voitures. Raisonne, le Loup, et vite.

Penses-tu qu'ils sont montés à quatre, gentiment comme ça? Quelqu'un aurait pu les attendre, prêt à démarrer, ou même dans la rue, sur le côté de l'hôtel, dans le coin livraison? Mais pourquoi sont-ils descendus si bas? La chaussure de Bertrand, c'est un indice tout de même.

À gauche, le bruit de quatre portes qui claquent. Des phares s'allument. Un moteur gronde. Je les repère, ils sont dans une camionnette noire avec une roue de secours accrochée à l'arrière. Je ne suis qu'à quelques mètres d'eux.

Le chauffeur est trop nerveux, le moteur s'étouffe. Le bandit voisin l'engueule. Je ne sais pas ce qu'ils se disent. Ils ne sont pas tendres. Je mets les pieds sur le pare-chocs. C'est un genre de quatre quatre, je m'accroche à la roue de secours. Je fais certainement une bêtise, mais c'est plus fort que moi. C'est vraiment inconfortable. Je ne tiendrai pas longtemps là-dessus. Je vais me fracasser le crâne au premier virage, je serai largué dans un ultime vol plané.

Le chauffeur se fait engueuler de plus belle. Le moteur hoquette et se tait. Rien à faire. Le chauffeur essaie encore. Ça me rassure, plus on gagne du temps, mieux c'est.

Vite les autres, grouillez-vous! Le Loup ne tient plus le coup. Un moteur démarre à gauche. C'est une camionnette du service de nettoyage. Deux bandits saisissent les enfants, un troisième avance près de la camionnette, il pointe un revolver vers le chauffeur.

Là, il me semble que je perds aussitôt un litre d'eau de peur. Elle coule déjà entre mes fesses. J'ai honte, quelle trouille j'ai, ma mère! Faut pas que je pense à ma mère, ce n'est pas le temps.

Je distingue les couvertures avec les deux petits. Les bandits sont en avant. Je me glisse dans l'ombre, je saute dans l'arrière de la camionnette. La colère me redonne des ailes. Le véhicule démarre. Je suis collé contre le fond métallique, caché entre des sacs de poubelles qui puent. Ils sont trois en avant et ils serrent les deux bambins. Leur dernier comparse a pris le nettoyeur en otage, il le menotte dans le tout terrain qui ne démarre toujours pas.

Nous sommes maintenant sur un circuit de formule 1. Dans les virages, et il n'y a que cela, ce ne sont pas les murs que l'on frôle, c'est la mort.

Dans quelle histoire je me suis foutu! Mon Dieu! Mon Dieu et vous tous les saints, tous, vous m'entendez, aidez-moi! Faut sauver les petits et moi aussi! Je n'ai pas le temps de prier, de pleurer, de crier, les pneus crient assez fort!

Des gens aussi hurlent, de bons citoyens qui se rendaient paisiblement à leur automobile et qui voient surgir un supersonique diabolique sous leur nez. Tout le monde gueule, même dans la cabine en avant. L'alarme de l'hôtel résonne partout.

Je sens de l'air chaud, on est proche de la sortie. Pourvu que l'hôtel ait fermé les portes du stationnement. Je vois la lumière et, dans un ultime virage la guérite de contrôle. La barrière vole en éclats, et nous voici dans la rue, à toute vitesse. Là, on fonce sur le circuit de Manhattan. Pas le temps de compter les boîtes à journaux ni les feux de circulation. Les bandits ne respectent rien ni personne, et ils savent où ils vont! J'espère qu'on se secoue à l'hôtel, parce que nous, on bouge. Même les petits s'agitent dans la cabine, j'entends leurs cris perçants. Je me fais le plus discret possible. J'ai peur qu'on me voie dans un des rétroviseurs. Ces gars-là ne craignent personne. Ils conduisent comme des fous. Qu'est-ce que je peux faire? Sauter sur la cabine? Casser la vitre? Il doit bien y avoir un objet dur dans ces sacs à ordure. Si seulement j'avais un portable; mais non, la seule chose que j'ai, c'est la chaussure de Bertrand. Je la garde, c'est mon porte-bonheur. Je ne serai heureux que lorsque je pourrai la lui remettre et serrer dans mes bras les deux petits, vivants et indemnes. Où allons-nous? Vers le nord de la ville, si je me fie au mot «Avenue».

Comment se fait-il qu'il n'y ait pas une voiture de police à nos trousses? Dans les films américains, ils ont toujours des hélicoptères au-dessus de leurs voitures patrouille, et des véhicules avec des phares et des lampes rouges et bleues, brillantes, stroboscopiques, et des haut-parleurs qui diffusent des ordres, et des sirènes déchirantes. Rien pour nous? Un rapt en plein New York, c'est à peine croyable, pourtant c'est ce qui se produit en ce moment. Les bandits sont rapides et habiles. Le chauffeur se coule maintenant dans la circulation. Il a réussi son coup, l'horrible! Ni vu ni connu. Nul ne remarque qu'il y a, dans la cabine de cette camionnette, semblable à des milliers d'autres, sous les couvertures, là, à quelques mètres des paisibles messieurs et dames, là, derrière les vitres, deux enfants qui gesticulent et qui souffrent.

Chapitre sept

Les pires monstres de la planète

Battez-vous, les enfants! Donnez-leur des coups de pieds, griffez-les, mordez-les! Déchaînez–vous!

Les enfants se démènent. Les bandits les serrent fermement. Plus personne ne bouge. Je me cache derrière les sacs de poubelles. La colère monte en moi. Immense, comme mon impuissance.

J'ai envie de casser la vitre, de bondir sur le capot, de tout fracasser. Chiche! Pourquoi pas? Je me retiens, ils sont armés, nous sommes en pleine rue, je ne suis pas assez fort contre eux, ils vont s'en prendre aux enfants. Je risque, par mes bêtises, de menacer leur vie. Du calme, le Loup. Du calme! Voilà, j'essaie de respirer, de réfléchir.

Le chauffeur respecte tous les feux de circulation. L'hypocrite! Plus d'excès de vitesse, ceci n'est plus qu'un véhicule ordinaire conduit par de bons citoyens. Les jumeaux ont été réduits au silence, comment? C'est odieux, intenable.

Nous roulons sur un pont, j'en suis presque certain. À présent, nous tournons souvent. Ah! les fameux échangeurs de New-York! La poussière vole sur moi, fines particules qui entrent dans mes yeux. Je fais attention de ne pas éternuer. Un sac vient de se percer et se vide. J'évite les immondices qui se répandent. Papiers, boîtes de conserves. Du jus d'orange me colle sur les jambes. Voilà ce que c'est d'avoir des shorts! Une tranche de jambon s'est glissée dans mes nupieds. Ça me chatouille, c'est gluant.

Nous allons de moins en moins vite. Sur le reflet de la vitre de la cabine, je ne distingue plus les silhouettes des gratte-ciel. J'entr'aperçois des blocs-appartements en briques. Tous identiques. J'entends une musique, un *beat* (comme dirait l'Agneau) que je reconnais, le rythme favori de mon frère. Et si nous étions à Harlem? Non, je sais où est ce quartier, nous avons traversé un cours d'eau; le pont de tantôt, était-ce audessus de l'eau? Selon moi, nous sommes sortis de l'île. La géographie peut servir finalement.

Les voix qui chantent me sont presque familières, des voix identiques à celle des chanteurs noirs à la mode. Je reconnais même des airs qui s'échappent des fenêtres grandes ouvertes. Résumons : si nous avons roulé vers le nord, franchi une rivière, et d'après la musique ambiante, nous devrions être dans le Bronx. Oh! Oh! C'est pas tout à fait le voisinage de l'hôtel, par ici. Je m'enfonce encore plus entre les sacs de poubelles. Pour un peu je pensais «mes» sacs, tant il me semble que nous voyageons depuis longtemps ensemble.

Les bambins sont amorphes, c'est bizarre et inquiétant. Les bandits les tiennent sous leur férule. Que de souffrance infligée à mes amis! Ces kidnappeurs sont les pires monstres que la planète ait pu porter.

Je me sens seul, même si je suis entouré. Je suis tout petit, la panique me reprend. J'essaie de me raisonner : je suis un loup, il ne faut pas m'attaquer, je suis souple, ma force c'est le souffle, l'endurance, l'agilité, la ruse, l'œil vif. Je me motive, j'ai des qualités, ils ont certainement des points faibles. Un loup peut avoir peur, mais il sait résister, il sait se battre et il défendra ses petits. J'aime les loups! Ce sont mes amis. Aidez-moi, vous les loups du Manhattan de jadis, lorsque la région n'était pas cette montagne urbaine! Je puise au fond de moi toutes les ressources possibles. Je ne dois pas flancher. Je les aurai!

Nous venons de quitter la rue. La camionnette sautille, on dirait que c'est sur du gravier. On s'arrête. Un des gars sort, fait glisser une porte de métal. La camionnette repart en douceur. La porte est refermée aussitôt.

Un chien aboie.

– La ferme! crie une voix bourrue, sinon on t'endort, toi aussi.

– Ta gueule! lance le chauffeur à son complice.

– S'cusez, *boss*.

J'ai des frissons, pourtant je crève de chaud et de soif.

Nous sommes sous un hangar.

– Dehors!

Je suis paralysé. Est-ce qu'on m'a repéré? Je tremble. Le chien aboie violemment.

Chapitre huit

Akita

– L a ferme!
Le chien grogne. Nous sommes deux à comprendre les nuances de la langue américaine!

– Dégagez! crie le *boss* à ses sbires.
– Dépêchez-vous, imbéciles!

Les autres descendent de la cabine. Ils courent vers la droite. Une porte claque. Silence.

De la musique vient des maisons voisines. Cela me rassure, il y a des gens et de la vie pas loin. Toujours ce même rythme, qu'avant je trouvais agaçant, un peu répétitif, cette fois je ne me plains pas, je voudrais qu'il soit plus fort, plus proche.

Le chien grommelle.

Je me hisse un peu. Il lâche une bordée de jappements. Il tend sa chaîne au maximum. Quel molosse! Je reconnais sa race. C'est un akita.

Les chiens que l'on entraînait à la chasse à l'ours dans le nord du Japon. Je le sais, parce que les animaux me passionnent, et celui-ci est le plus près du loup. Il n'a pas l'air de me considérer comme un membre de sa famille.

Son poil est gris sale, très sale, parsemé de plaies vives. Il en a jusqu'autour du collier. Pauvre chien!

– Ta gueule, corniaud, ou je te tue!

Et le bandit claque de nouveau une porte.

Je suis terrorisé, tapis entre mes sacs de poubelles. Oui! Mes sacs! Ils puent et moi aussi!

Les enfants, où sont-ils? Que leur font-ils? Plus de bruits de ce côté-là.

Et la police, qu'est-ce qu'elle fabrique?

Le chien, d'abord devenir son copain. Est–ce possible?

Je sors encore un peu la tête. Je diffuse le plus de douceur possible dans mon regard. Je lui transmets toute mon amitié!

Il secoue sa tête d'ours de gauche à droite. Il est debout, bien campé sur ses solides pattes. Il jappe encore, plus que jamais.

La porte s'ouvre. Oups! Je m'enfonce vite dans mon dépotoir.

– Demain, tu seras mort! lance un des bandits.

Je suis collé au plancher crasseux et métallique de la camionnette. Attendre. Il faut que je sorte de là. Pas de police autour, rien. Que se passe-t-il à l'hôtel? Quelle angoisse pour les parents Lefranc, pour mes parents! Une heure que le drame a commencé; je n'aurais jamais pensé qu'une heure pouvait durer aussi longtemps. Je regarde ma montre, ça ne fait que dix minutes que nous sommes ici.

Coup d'œil discret vers le chien. Il capte mon regard et ne me quitte pas des yeux. Encore une fois, je lui offre toute ma gentillesse dans cet échange oculaire! Il me montre ses crocs, des brise-tibias de première. Les lèvres retroussées, il me fait des rummm, rhuumm, hurmmmh, agressifs.

Je n'insiste pas.

Je me cache. Il était temps. La porte s'ouvre. Bruits de bouteilles, de cannettes. Un bandit rote. Ils arrosent leur réussite, sûrement à la bière, d'après la fréquence des rots. Ça sent même la pizza. Ils sont chez eux, les salauds. Les petits sont cachés dans la maison, près d'eux, je suppose. Ils sont calmes, trop calmes. Je suis angoissé.

– Ferme cette porte! hurle la voix autoritaire.

– O.K., *boss!* râle le gars, qui obéit.

J'esquisse un autre coup d'œil. Le chien a la queue entre les jambes. Il m'observe. Il s'assied, on dirait qu'il pleure. J'ai pitié de lui. Il semble comprendre. J'examine les lieux. Ce que je pensais être une maison est un garage, ou un hangar. Il y a une porte, une façade et un toit couverts de tôle. Sur la gauche, un escalier de métal permet d'accéder à une porte. C'est aussi invitant qu'un cauchemar. Cela ressemble à un vieil entrepôt.

La cour est pleine de rebuts : vieux pneus, bidons rouillés, poutres de bois entremêlées, portes brisées, morceaux de voiture, et, au milieu, le chien. Il n'a pas de niche. Une grosse chaîne le retient au mur, pas d'eau non plus malgré la chaleur suffocante. Pauvre bête! Je remarque les squelettes de deux voitures dépecées. La cour est fermée par une grille qui roule sur un rail, on ne voit rien au travers. Je devine que c'est la ruelle par laquelle nous sommes arrivés. De l'autre côté de la rue, des maisons abandonnées, des fenêtres murées, certaines ont quelques trous, sûrement creusés par des *squatters*. Quel repaire de paumés! À un endroit, une vraie fenêtre, avec de vrais rideaux, il y a même de la lumière, un peu d'espoir dans cette misère.

Le chien ondule de la queue. Ses yeux sont attendrissants. Je me méfie.

– Je te promets que si je sauve les petits, je te sauve aussi, promis!

Il fait le gentil. Il a compris mes intentions bienveillantes. Lui, il n'est pas bête, pas sauvage, comme les autres en dedans.

Et maintenant? Descendre de ma planque pour aller où? Vers le chien? C'est risqué, mais c'est tentant. L'escalier est juste derrière lui et je me dis que ce hangar possède un étage dont voici l'escalier de secours. Je suis surpris de la lenteur de mon raisonnement. Élémentaire, le Loup, élémentaire! Je suis aussi lent que la police et les secours.

La porte s'entrouvre, je disparais entre mes poubelles. Les gars prennent l'air, ils sont tendus et éméchés. Une chance que l'anglais est ma matière forte et que le prof nous a enseigné l'américain, parce qu'ils ont la langue pâteuse et la bière lourde. Ce n'est pas de la haute poésie ce qu'ils disent, toujours les mêmes mots qui reviennent, des grossièretés partout. Ils ont dû suivre des cours dans la rue. Leur vocabulaire ferait rougir les pires mécréants de la planète. Ils ne parlent pas, ils jurent et crachent, quel style!

— Dès que le doc se pointe, on commence. Vous avez de la glace? Pis j'espère que la glacière est propre.

— Quand est-ce qu'on a le *cash*?

— Une moitié, dès que ce crétin de doc se tire, pis l'autre après!

— Il paie tout, tout de suite ou bien on le laisse pas toucher les petits.

— Qu'est-ce qu'il fera après avec eux, le doc?

— Il va les recoudre aussitôt.

— Pis on les garde comme ça?

— Non, on les laisse tels quels dans la rue. On est pas des salauds!

Je tremble, je sue, je coule. Je hurle très fort en dedans de moi. Je suis dans un cauchemar, il va falloir que j'en sorte au plus vite. Rien ne me rassure. Je regarde la lumière, la seule fenêtre là-haut. Une silhouette passe, une femme.

— Belle, la créole!

— Silence! On est pas là pour ça!

— Dès que le doc arrive, on monte. La table est prête. Faut aller vite!

— Est bon le doc?

— Bof! A fait déjà ça sur d'autres continents.

— Pourrais pas, moi.

— John! t'es nul.

— *Boss!* je vais m'évanouir.

— Tu tiendras les deux mômes pendant.

— J'ai hâte que ce travail finisse.

— La ferme! On attend le doc.

— Jusqu'à quand?

— Ce soir? Demain?

— Pis vont avoir faim, les deux. Tu les rendors, O.K.!

Quelques rots plus tard, ils rentrent. D'autres bouteilles les attendent.

Je regarde le chien. Dans cette cour pleine de vieux pneus, de poutrelles éventrées, de broussailles, il est mon seul refuge.

Je m'accroche à lui, et surtout à la silhouette à la fenêtre. Elle est à contre-jour. C'est vrai qu'elle est belle. De loin, on dirait Nestorine en plus âgée. Je devine ses cheveux à l'afro, c'est une ombre chinoise afro-américaine. Je crois que je délire. Toujours pas de renforts. Mais qu'est-ce qu'ils font, les autres? J'ai peur de mourir.

Chapitre neuf

On se calme!

Même s'il fait nuit, la chaleur et l'humidité m'écrasent. J'ai des moments de somnolence. Je me repose le long de la paroi de la camionnette, la tête sur un sac de déchets, les yeux perdus dans le ciel new-yorkais couvert de nuages. Graduellement, la puanteur devient irrespirable. Pourtant, la fatigue l'emporte. Je fais une série de cauchemars, brefs, épuisants. J'ai soif. J'ai faim, envie de vomir.

Un bruit violent me réveille. Je lève la tête prudemment, rien, le bruit s'interrompt puis reprend. C'est comme une main qui déchirerait un sac. J'ai du mal à mettre mes idées en place. Le sac cède. Là, je le vois, et il me voit! Un rat!

Pas un petit, pas une souris. C'est mignon une souris. Non, un rat, presque aussi gros qu'un chat! Mes cheveux, un peu trop longs, dit toujours mon père, sont dressés sur ma tête.

C'est le rat qui va être effrayé! Mes pores se dila-
tent et se contractent au rythme de mes frissons. On se calme, on se calme! Je me convaincs,
j'aime les rats! Au fond, ce ne sont que des
rongeurs, et ils sont propres, et quelle intelligence!

Je respire profondément.

Il mange et m'observe. Quel décor! Des feuilles
de salade, de chou, un stylo à bille avec le nom
de notre hôtel, des papiers, des magazines, dont
un pornographique. Des factures, des mouchoirs
sales, des pelures de pommes de terre, un reste
de hamburger, de vieilles chaussettes, des lames
de rasoir, pouah! C'est écœurant. Un radis pourri,
des boîtes de conserve – que le rat nettoie con-
sciencieusement –, des feuilles de journaux,
des feuillets publicitaires, une cravate, des bouteilles en plastique, toutes vides. Le rat continue
son exploration. Je le suis des yeux. Ses moustaches frémissent. Il m'a adopté, ou il me tolère.
Chacun sur son territoire, je n'ai rien contre. Il
regarde ma poche arrière, légèrement protubé-
rante, il y a la chaussure du petit. Qu'est-ce
qu'il lui veut, à cette chaussure?

Le rat continue son parcours gastronomi-
que. Je n'ai plus peur de lui. Je ne dirais pas que
nous sommes amis. Je le trouve moins anti-
pathique qu'avant et très gentil, comparé aux
bandits.

Quel raffut il mène! Pourquoi reluque-t-il toujours du côté de la chaussure? C'est mon fétiche, mon nounours, mon pacte, mon ordre de mission, «sauve les enfants, le Loup!»

Génial! Je l'ai! Merci Ratou! Oui! Quel idiot je suis! Pas besoin de téléphone pour communiquer! La chaussure! Vite! Un message! Le stylo à bille? Pourvu qu'il fonctionne. Où est-il? Quel cirque là dedans! Le chien gronde. Le rat a peur, il s'éloigne. Quelle horreur, que ces détritus! Je plonge les mains dans les aliments qui baignent dans un fondu de mayonnaise infect. Parmi des tranches de jambon moisi, voici le stylo! Un papier, pas trop sale, de préférence. En voilà un.

Le stylo ne veut rien savoir, c'est pour ça qu'il est là, le stylo! Je le roule très fort sur la semelle de ma chaussure et il repart. Gagné! Gagné! La confiance renaît! Vite, le message.

> *« Call the police.*
> *Children here, kidnapped from*
> *Hôtel Lafayette-Versailles*
> *Please save them*
> *S.O.S.*
> *Louis Travelle, dit le Loup. »*

Je relis. J'espère que c'est du bon américain.

Je mets le papier dans la chaussure et la chaussure dans un sac de plastique. Ce n'est pas ça qui manque, dans cette soute à ordures. Maintenant, attirer le regard de la belle afro–américaine. Tout va bien, sauf qu'elle n'est plus à la fenêtre!

Attendre madame.

Le rat a fait bombance, il sort du camion. Le chien dort. Le rat lui file presque sous le nez. Pas de bruit du côté du hangar. Ils cuvent leur bière. Je n'ose imaginer ce qu'ils font.

Pas un seul cri des enfants, rien. Je suis torturé.

La femme réapparaît à la fenêtre. Je bouge, sans me lever. Elle ne regarde pas vers moi. Elle s'en va. Je suis découragé. Je surveille intensément la fenêtre. Il paraît que l'on peut attirer les gens ainsi, on les fixe sur la nuque et parfois ils se retournent. On joue à ça, quand on s'ennuie pendant un cours. Cette fois, j'y mets toute mon énergie. Rien! Je n'ai qu'une envie, pleurer. Je ne peux pas sortir du camion, encore moins escalader la porte de métal et m'empaler sur les barbelés. Je suis prisonnier. J'ai échoué dans toute cette entreprise.

Je suis seul au monde, trop seul. Et les autres, qui ne bougent pas, c'est incompréhensible. Ils ne sont tout de même pas en train d'attendre à l'hôtel! La police a dû lancer des avis de recherche tous azimuts, à la radio, à la télé, sur internet. On est à New York, ils ont les moyens... cela me met en colère!

La silhouette, là-haut, est peut-être au courant. Oups! Elle est revenue. Je risque le tout pour le tout.

Chapitre dix

Miss Basta

Coup d'œil vers le hangar. Le Loup, c'est le temps! Je suis debout dans la camionnette. Le chien me surveille.

– Couché, mon gentil Toutou d'amour. Sois mignon avec ton petit Français adoré. T'auras des nonos des plus grands traiteurs.

Sous l'éclairage blafard, je fais des signes, comme un surfeur perdu en mer. Elle me voit, elle se penche. Tombe pas. «T'as de beaux yeux, tu sais», dit souvent mon père à ma mère. Moi, je t'envoie le même message. Ah! Faut pas que je m'encombre le ciboulot avec les souvenirs familiaux, c'est pas le temps. Elle, là-haut, elle est mon but, l'objet de toute mon attention. Je veux la séduire de loin. Venez, mademoiselle, sauvez-moi! Je vais crever! C'est pas de la drague, c'est un S.O.S.!

Elle ne bouge pas. Elle est complètement interloquée. Je lui montre le paquet et lui fais signe de descendre dans la rue et que je vais le lui balancer. Ce n'est pas simple à mimer dans la pénombre. Je recommence une autre fois, lentement.

Elle bouge la main. Ma vie est suspendue à la réaction de cette dame. Elle est l'auteur de mon futur, la sculptrice de mes jours à venir, s'il en reste.

Elle disparaît de la fenêtre. J'ai l'impression que son geste voulait dire «*Basta!* Lâche-moi avec tes enfantillages. Je ne suis pas dans les boys scouts, ni dans les guides, *basta!*»

Oui, cela ressemblait à *basta.*

Je m'assieds. Si je n'avais pas peur du bruit, je m'effondrerais dans la camionnette. En salle de classe, une déception pareille, et je serais tombé dans les pommes. Quand on souffre, il faut alerter la compagnie et autant tout de suite en mettre le maximum pour que les autres veuillent bien capter au moins le minimum. La vie, quelle comédie, qui finit en tragédie! Je vieillis en accéléré. Je ne pensais pas ainsi il y a quelques jours. Moi, je suis trop jeune pour la tragédie, surtout que les jumeaux sont à la torture, peut-être à l'agonie. J'en ai ras le bol, même de mon humour de survie. Je n'ai plus rien ni personne à qui m'accrocher. Son *basta* me cloue sur le plancher visqueux et huileux du camion. Même le rat a quitté les lieux et, comme dit l'Agneau, toujours drôle, «Quand le navire s'éloigne des rats, c'est pas bon!» Je pense à l'Agneau, à la famille, je me sens dans le tunnel de la fin de mes jours. Je suis seul. Seul à New York! Faut être maso pour vivre cette situation. Je n'en peux plus. Je pleure. Je ne suis qu'un enfant. Il y a des adultes à qui on réapprend à pleurer, moi pas besoin de cours, les larmes abondent. Le chien gémit. Il est triste de mon état. Ses yeux sont infiniment malheureux. Nous sommes deux dans le chagrin. Je suis écœuré, déprimé, au bout de mes forces. La nuit tombe et je suis angoissé. Peur pour les enfants, pour moi, pour ma peau. J'ai honte de ne rien pouvoir faire, d'être si prêt du but, d'être incapable de libérer mes petits amis. Je suis immobile, les muscles anesthésiés, le cerveau bloqué. Les bandits jouent avec ma vie et ils ne le savent même pas!

Le diable s'amuse. Il me semble qu'il rit.

Le chien comprend ma douleur. Lorsque la vie vous lâche, quoi de plus réconfortant que la tendresse d'un animal. Ça veut dire que ce chien partage ma peine, qu'il souffre. Ça veut aussi dire «sauve-moi», donc que rien n'est fini, que l'on peut encore se battre, que le combat contre la cruauté ne fait que commencer et que c'est à moi de le mener, tout de suite et de le gagner!

Toi, mon akita, tu as dû être volé, toi aussi
je te sortirai de là, je te le jure! Ses yeux se tournent vers la base de la porte coulissante. Hein!
Elle est là, miss Basta! Elle fait semblant de
flâner dans la rue, Hourra! Hourra!

Maintenant, plus une seule minute à perdre
et surtout ne pas manquer mon coup. Le sac,
un, deux, trois, *go!*

Le sac passe au-dessus de la barrière. Il y a
dans la vie des mouvements qui se découpent
en de multiples séquences. Je suis dans ce ralenti
irréel.

Pourvu que le sac ne s'accroche pas. Non, il
passe haut la main, il atterrit dans la rue. Miss
Basta continue sa marche, mine de rien. Bon
signe, excellent! Elle sait qu'il y a des risques,
pas besoin de lui faire un dessin.

T'es une perle, *darling.* Le Loup t'embrasse.

Elle a vu le sac, elle passe à côté, continue
à marcher, oh! nooon!

C'est pas vrai! Et si elle était de mèche avec
les bandits! Que je suis idiot, naïf, stupide! Oh!
là! là! Ils se connaissent sûrement. Est-elle dans
leur équipe? Qui sait?

Maman, faut me soigner. Le Loup, bobo, très
bobo!

Oups! Changement de programme! Géniale,
la *miss,* elle revient sur ses pas, nonchalante.

Gracieuse, elle ramasse le sac. Il faut que je me planque, je ne peux pas rester debout ainsi. Si les bandits se pointaient, ils me descendraient.

C'est une fée, cette beauté du Bronx, un cadeau des dieux. C'est le plus beau jour de ma nuit. C'est du bonheur qui me frôle le cœur. Quelle élégance, quel style, mademoiselle! C'est ça, la classe. Comme une star, elle a ramassé le sac. Ça a l'air facile, mais c'est ce qu'il y a de plus complexe, la facilité. Elle me libère. Un poids me quitte, il est tellement gros que j'ai peur que quelqu'un remarque son envol. Je suis un peu excessif, ce doit être la fatigue. J'ai des vertiges. Mes idées sont confuses. Je note que je passe très vite de l'abattement à l'euphorie. Je dois me discipliner, reprendre ma respiration, éviter de laisser mes pensées s'égarer.

Je jette un coup d'œil à l'akita. Je délire sûrement, il me fait un clin d'œil. Ça doit être un tic, ou une tique! Je ne suis tout de même pas dans un film de Walt Disney! La preuve, Ratou n'est plus là pour me sourire derrière ses moustaches. La vie, ce n'est pas du ciné! Si je vois le chien me faire des clins d'œil, c'est que je ne suis plus dans mon état normal. Respire, respire, le Loup!

Maintenant, à toi de jouer, miss Basta, je me débrouille avec le reste. La donne vient de changer de mains. Je me sens blindé. Le message est passé, ils vont se faire arrêter. À moins que toi, la *miss*, tu ne sois du côté des bandits. Là, j'aurais tout faux, et on en serait au point final!

«Faut pas penser à ça, Ti Loup». Je suis Gémeaux, et on dirait mon ange gardien qui me parle.

Je me planque. J'attends. La situation va forcément évoluer, les secours vont arriver. Un objectif, sauver les enfants. Pourquoi ce doute qui persiste en moi à propos de la *miss*? Les bandits viennent dans ce hangar, mais je n'ai aucune autre preuve de liens entre elle et eux. Est-ce que je me suis lancé moi-même dans un piège?

Encore une fois, je tangue entre l'euphorie et le désespoir.

Chapitre onze

Nuit torride sur le Bronx

S i je sors vivant de là, j'écris un bouquin :
« Ma vie dans un camion d'ordures ».
Quel éditeur voudra de ça ? Dire que ma mère
prétend que « notre » chambre, celle que je partage
avec l'Agneau, est en désordre. Si elle voyait dans
quoi je croupis depuis des heures, elle ne se
plaindrait plus ! Jamais je n'aurais pensé voir ce
visage de l'Amérique ! Je suis trop imprégné de
ma banlieue parisienne. Heureusement, il y a le
chien. Il me tient compagnie, il me rappelle
Blanchette et ses yeux tendres, me disant « prudence ! » Elle avait raison, la chatte.

J'ai une folle envie de monter cet escalier et
de jeter un coup d'œil dans le hangar. Je veux
savoir où sont les enfants.

Je dois d'abord passer devant le chien et il
ne faut pas que les bandits viennent jouer dans

la cour. La silhouette ne réapparaît toujours pas
à la fenêtre.

– Miss Basta, ne me lâche pas!

Si elle me dénonce, je suis fichu! Vaut mieux
pour moi ne pas rester dans la camionnette.

Je descends doucement, à l'abri des regards
du chien, et surtout caché de la porte d'entrée
du hangar. L'escalier est à moins de dix mètres.
Entre lui et moi, le chien. Je sais qu'un animal
dressé pour être méchant ne change pas en quelques heures.

«Prudence, le Loup, prudence!» disait
Blanchette.

Le chien me fixe. Il se lève lentement. Pas
de signe d'agressivité ni de gentillesse, beaucoup de méfiance de sa part. Je suis sur mes
gardes. Son poil se hérisse. Hum! Hum! Je re-
cule d'un pas. Il s'assied sans me lâcher des
yeux. J'avance de nouveau. Il penche la tête à
droite, à gauche. Je lui parle tout bas :

– Gentil toutou, gentil l'ami.

La queue frétille. Il bâille. Je peux contem-
pler une sacrée rangée de broyeuses.

– Gentil, gentil...

Je tends les mains vers lui. Il gronde. J'attends.

– Tout doux, tout doux, toutou!

Il agite la queue.

Je laisse ma main pendre tranquillement près de lui. Il peut la briser d'un seul coup. Il lèche ma main! Je le caresse! Il me donne la patte!

– Gagné! Merci Toutou!

Je le flatte de nouveau, il est heureux, il se colle contre moi!

Je détache la chaîne du collier. Excité, il me saute dessus et me fait presque tomber. Il veut jouer. Il me nettoie le visage! Mon Dieu, quelle haleine!

– Tu es libre, mon akita!

L'escalier est à gauche, la voie est libre, je suis prêt.

– Reste là, *doggy.*

Doucement, très doucement, je monte l'escalier.

Lune brouillée, nuit torride sur le Bronx... pas le temps de faire de la poésie.

L'escalier est rouillé, branlant. Le chien m'observe. Pourvu qu'il ne me rejoigne pas. J'y vais lentement, c'est étroit. J'ai le vertige, ce n'est pourtant pas très haut, mais la structure est fragile. Marche par marche, je m'approche de la porte mal jointe. Une chaîne vétuste, un cadenas, tout cela n'a pas l'air solide. Je suis un des rares visiteurs depuis des années. Un filet de lumière. Je jette un coup d'œil par l'interstice.

Incroyable! Quelques néons vifs éclairent le centre du hangar. Le reste est dans l'obscurité.

Au rez-de-chaussée, les trois bandits sont affalés sur des sofas éventrés. Des cannettes de bière jonchent le plancher. Sous la lumière métallique, les visages sont lugubres. Des mégots et des cartons de pizza traînent partout. Des morceaux de pain, des paquets de cigarettes, des cendriers débordants et des verres crasseux encombrent la table.

Un demi-étage retient mon attention. Sous la lumière crue, une table d'opération. Pas de drap dessus, la table est nue, vieille. Des tubes, des plats et des instruments chirurgicaux, des flacons, des boîtes de compresses. En arrière, un petit tas, sur un sofa, une bosse, deux jambes en sortent, dont une qui n'a pas de soulier! Bertrand! Les enfants sont sous la couverture. Mon Dieu!

Je m'essuie le front. Ils vont dépecer les petits! Ils sont dingues, ces bandits! Pourris! Des ordures, des salauds!

Je n'en peux plus. J'étouffe. J'ai envie de vomir. Ce ne sont pas des humains.

Il faut vraiment que les autres arrivent, qu'est-ce qu'ils font? On ne peut pas m'en demander plus! Je n'ai que quatorze ans. Les grands, intervenez, lâchez les hélicos, rappliquez!

Bruit de voiture, je m'éclipse dans l'ombre. La barrière glisse. Le chien ne bouge pas. Il observe. C'est la jeep noire, celle qui devait servir à l'enlèvement et qui a eu des ratés. Deux hommes descendent. Je reconnais le bandit, l'autre je ne l'ai jamais vu. Il porte une mallette métallique. Ils sont pressés, les lascars.

Les secondes s'accélèrent. Mon cœur éclate, ça secoue la cage thoracique.

Ne pas lâcher. Respirer, respirer!

Le chien est toujours immobile. La porte se referme sur les visiteurs. Je m'apprête à surveiller par la fissure de la porte, lorsque j'aperçois miss Basta à sa fenêtre.

Elle n'a pas l'air nerveuse, la dame. Elle n'a peut-être rien fait. Elle éteint la lumière. Plus personne de ce côté-là. Elle va dormir paisiblement, pendant que moi, je vais crever et que les enfants vont être torturés. C'est insupportable! Je tournicote le cadenas et la chaîne. La poignée me tombe dans les mains.

Maintenant, je peux entrer n'importe quand dans le hangar. Mais que faire contre quatre dingues de ce calibre et un type qu'ils nomment «Doc»?

– Ils sont là, annonce un bandit.

Le doc sourit. Comment peut-il sourire, il est drogué ou quoi? J'ai des crampes partout.

Avec ces boîtes, ces instruments, ils vont prélever des organes sur les petits.

Me voici dans le cauchemar, il se déroule devant moi, je ne peux y échapper. Il me faut empêcher le carnage.

Chapitre douze

Le principe du Loup

L'escalier bouge, quelqu'un monte vers moi. Je ne m'en suis pas rendu compte, absorbé que j'étais par l'intérieur du hangar. Je n'ose pas me retourner, je suis tétanisé. La personne avance très lentement. Elle va peut-être m'assommer. Je rentre la tête entre les épaules. Le coup va tomber, ça y est presque. Je compte les secondes, je ne respire plus. Mais? Qu'est-ce qui se passe? Un souffle me parcourt les mollets. Ça me chatouille, c'est presque doux! Non? Le chien est là, il m'a suivi. Ouf! Mais me voilà bien équipé!

– Chut, que je lui fais en le flattant, chut et couché!

Il s'assied. Je lui caresse le dessus de la tête. Il ferme les yeux de bonheur. Il en redemande. Je le lâche. En dedans, ce n'est pas du joli! Oh, non!

Le doc a relevé ses manches. Il se savonne les mains, s'essuie. Les gars soulèvent la couverture, saisissent Bertrand. Ils repoussent la couverture sur Lara. Je vois ses boucles dorées. Bertrand a le corps mou. Il est inconscient, sûrement drogué.

Les renforts qui n'arrivent toujours pas! Mais qu'est-ce qu'ils grenouillent? On est en Amérique ou quoi? Rien! La rue est déserte. Pas une voiture de police. La fenêtre de miss Basta est sans lumière. Ma stratégie a échoué! Tu peux être fier, le Loup! Ah! Elle est belle ton idée! Qu'est-ce que tu fiches ici, le Loup, si tu ne peux rien faire?

Je cherche comment semer la panique au milieu des bandits. Hélas, je ne suis pas armé. Une grenade, une bombe fumigène, cela aurait peut-être été utile. Rien, même pas un baril à jeter, rien.

Je réfléchis. Il y a un principe que j'ai découvert, je l'appelle «le principe du Loup» : la solution est souvent près de soi, parfois en soi! Là, je carbure au maximum. Près de moi? Là, peut-être. Qu'est-ce qui me relie à ces bandits? Un fil électrique. Il y a un interrupteur ici.

Un court circuit! Péter les plombs! Tout jeter dans la noirceur. Il faut que j'entre un peu plus dans le hangar, que j'arrache les fils, que je provoque un faux contact. Est-ce que cela va tout éteindre? Une boîte de fusibles, on n'installe pas ça en hauteur. Est-ce que ce sera suffisant? Je n'ai plus le temps de penser. Ils glissent Bertrand sur la table d'opération. Ils lui enlèvent sa chemise. Ils placent sa tête bien droite. Le doc enfile des gants en plastique. Un bandit tient une boîte d'instruments, un autre une seringue. Je déteste les seringues. Vite!

J'arrache les fils. Je fais du bruit, mais personne ne regarde vers moi.

– J'ai entendu quelque chose.

– Des rats, c'est bourré de rats, doc!

– On va piquer le gamin!

Je mets les fils en contact. Rien, il ne se passe rien. Je sue à grosses gouttes. Découragé, je laisse tomber les fils. Ils se balancent contre la tôle. Et là! C'est le feu d'artifice, un court–circuit, et un vrai! Une légère décharge me traverse le corps, le chien aussi. Il est comme soulevé d'étonnement!

– Qu'est-ce qu'il y a?

Enfin la lumière s'éteint en bas. Il reste, hélas, le néon au-dessus de la table d'opération. Échec!

– Va voir ce que c'est! La prochaine fois, on fera ça ailleurs! Allez, tu le piques?

Le dernier néon, celui de la table, vient de lâcher. On ne voit plus rien!

Les bandits s'engueulent.

– Il y a quelqu'un en haut!

– J'y vais! lance le docteur.

Il a dû voir mon ombre à contre-jour.

Les autres sortent. Un type balaie de sa lampe de poche l'escalier. L'akita et moi, nous sommes maintenant dans son faisceau!

– Va chercher une arme, je le descends!

Je suis pris entre le docteur qui se dirige vers moi en tombant, en grognant, en se relevant, et les deux autres qui grimpent l'escalier extérieur. Le chien aboie de toutes ses forces. Nous sommes dans la folie!

Subitement, des projecteurs, immenses, éclairent partout. Ça vient des immeubles d'en face. Des gyrophares déchirent la nuit.

Sauvés, on est sauvés!

– Je suis là!

– T'es fait, salaud!

Une main me tenaille, me casse les os.

– Bouge pas ou je te tue!

Le doc me pousse dans le hangar, me force à descendre. On voit mal, mais lui connaît son chemin. Il me contraint à passer devant.

Bertrand est toujours endormi sur la table. Est-ce qu'il respire? Le gars me serre très fort, je crie de douleur. Le chien s'élance! Il lui mord la cheville. Le bandit ne me lâche pas, sort une arme, tire. Le chien est cloué au sol.

– Tu coopères ou tu es mort.

Il sait où il me mène, le salaud.

Des gens hurlent dans le hangar.

Des porte-voix donnent des ordres.

Le doc se faufile entre les bidons, les boîtes, les sacs.

Il ouvre une trappe dans le plancher, décroche une lampe du mur et, l'arme pointée, me montre le trou devant moi.

Chapitre treize

Terreur

J e suis en avant. Je bute sur des aspérités, je tombe. Je dois me courber pour
marcher.

   – Plus vite, imbécile! Tu m'as fait perdre les
petits, tu seras mon bouclier humain. Si on tire,
tu mourras avant moi, je te le garantis.

   La voix du bandit est nerveuse. Il s'essouffle.
Le faisceau de sa lampe de poche va dans tous
les sens. L'homme est paniqué et je n'en mène
pas large non plus.

   On marche longtemps en ligne droite. Je suis
épuisé. Pas un bruit en arrière, rien que des
frôlements bizarres, des clapotements d'égouts,
des puanteurs d'œufs pourris qui me serrent la
gorge. Tout est gluant, glauque, poisseux.

   Le dos voûté, nous pataugeons dans une
boue infecte. Les murs ruissellent d'un liquide
aux odeurs d'urine. Je glisse, manque m'écraser.

Entre deux bordées de jurons, le bandit me donne des coups dans le dos.

Si ce n'est pas l'enfer, ça doit lui ressembler, en humide.

On prend un conduit à gauche, un autre à droite. Le gars se repère à des marques sur les murs. Je les vois dans la lumière de sa lampe. Il connaît le labyrinthe, il en a le plan dans la tête. Nous nous arrêtons devant une échelle de métal.

– Monte! Ouvre la trappe en haut. Fais ce que je te dis ou je t'allonge!

J'obéis. Je suis à bout de souffle.

Ouf! Enfin de l'air. Je distingue une cour déserte. Nous sommes dans le même quartier. Les maisons sont tout aussi délabrées. Pas âme qui vive. On dirait qu'il y a eu la guerre. On longe les murs, se cache dans les zones les plus sombres. Nous aboutissons dans une ruelle. Des voitures sont stationnées. Il me désigne une camionnette. Encore une!

Il force la serrure, ouvre la porte. Le revolver pointé vers moi, il me pousse sur le siège, s'assied au volant, bricole sous le tableau de bord. Tous phares éteints, nous roulons lentement dans la nuit.

Il m'assène un coup de poing sur la tête. Je suis presque dans les pommes.

– Planque-toi!

D'une poigne intolérable, il me force à m'accroupir sous la boîte à gants.

J'ai peur, atrocement peur.

Ils sont incompétents ou quoi, les autres! Ils arrivent trop tard, et moi je crève. J'ai les nerfs à bout et ce gars-là ne fera pas de cadeau.

Il vient d'allumer les phares. Je le vois au reflet de la lumière du tableau de bord.

Il roule tranquillement au milieu de la circulation. Promenade funèbre pour moi. D'où je suis, j'aperçois la lune, des nuages, quelques lueurs d'immeubles, ou le scintillement de la publicité sur la carrosserie.

Le doc est nerveux. Il regarde tout le temps dans le rétroviseur. J'ai mal partout.

Au moins, les jumeaux sont dans de bonnes mains. Dans quel état? Je n'ose y penser. Je n'ai pas eu le temps de remarquer si Bertrand respirait vraiment.

J'essaie de bannir mes angoisses.

Et si je sautais sur le pied du gars? Si je le lui arrachais de la pédale de l'accélérateur? C'est impossible, il a le doigt près de la gâchette, et il peut me tuer en une seconde. Il conduit d'une main, l'autre est près du revolver, sur le siège.

Si je pouvais saisir l'arme! Le tour serait joué, les rôles inversés. Non, il se doute de tout, le doc! Il est autant toubib que je suis trapéziste! C'est un bandit, un criminel, point final.

Où me mène-t-il? Comment se fait-il que personne ne nous ait repérés, que le quartier n'ait pas été bouclé? C'est pas une police, c'est une passoire! Je ne donne pas cher de ma peau.

Combien d'échangeurs nous prenons, de ponts nous empruntons! Il n'y a plus, depuis quelque temps, de publicité sur la tôle de mon corbillard.

Je n'entends plus la circulation, l'air est moins étouffant. Sommes-nous à la campagne? La route est mauvaise. La suspension du véhicule est peut-être comme moi, finie!

Je ne parviens pas à me calmer. Je n'ai même plus le goût de faire de l'humour un peu cynique, qui souvent m'éloigne de la déprime. Je suis dans les griffes d'un tyran. Pourquoi ne détale-t-il pas tout seul? Je ne crois pas que je suis une protection pour lui, comme il le prétend. Il est en colère contre moi, il est fou de rage, je pense que je l'ai humilié. Ce type est fêlé. Son comportement n'est pas normal. Je suis un poids pour lui, pas un bouclier. S'il me garde, c'est pour se venger. Je suis terrifié.

Il arrête la camionnette. Il me tient en joue. Il m'ordonne de m'asseoir normalement.

Il descend, je suis toujours dans l'axe de son arme. Il pousse une porte, elle glisse. Décidément, c'est leur truc, les portes coulissantes. On n'est tout de même pas revenus au même endroit! On repart.

Il referme la porte, l'arme toujours menaçante.

Il éteint les phares et nous roulons au pas.

– Assieds-toi!

J'obéis. Ce que je vois me cloue sur le siège.

Nous sommes dans un dépotoir d'automobiles. Elles sont empilées en hautes colonnes. J'ai la bouche grande ouverte. Des phares restent accrochés aux pare-chocs. Tout est aplati, écrabouillé comme dans un gigantesque pâté. Il y a des allées de véhicules. C'est un cimetière démentiel. Si je parvenais à sauter de la camionnette, je crois qu'il y aurait assez de cachettes pour que je puisse semer le doc. Maigre, le visage cadavérique, le pseudo-toubib n'a pas l'air en forme.

– Essaie pas de t'enfuir. Ici tout est surveillé, caméras partout. Tu coopères ou tu cesses de vivre, O.K.?

– O. K.!

Une grimace de satisfaction se dessine sur son visage vert, plus laid que jamais.

On tourne à droite. Maintenant, ce ne sont que des pare-chocs, puis des ailes, puis des tôles. Tout est rangé par tailles, par catégories. Les carcasses scintillent sous la lune. Ce serait

un beau décor pour un groupe musical déca-
dent. Ce n'est pas mon style. Je ne suis qu'un
môme de petits bourgeois qui a la pétoche, comme
ne dirait pas mon père, qui s'exprime bien.

Il arrête le camion sous l'unique lampe des
lieux. Une masure, une porte, le tout est en tôle,
entouré de carrosseries détruites, de pneus dé-
chirés, de pièces d'auto. Je m'attendais à un
chien tueur pour compléter le décor, mais non.
C'est sobrement réjouissant, tout ça!

– Dégage, et va vers la porte!

– Vous descendez pas?

– Obéis!

Je n'ai plus de force. Je m'écroule presque
sur le sol. Je suis dans le rayon des phares.

– Avance!

Je fais quelques pas. Il braque le revolver
sur moi.

Combien de secondes me reste-t-il à vivre?
Mes mains tremblent. Une sueur froide suinte de
mes pores. La mort déjà m'enveloppe. Je ne respire plus.

Un claquement sec retentit dans la nuit.

Chapitre quatorze

Le piège

Le doc vient de fermer la porte de la camionnette. Je suis encore vivant. Pour combien de temps? Et les autres, qu'est-ce qu'ils font?

– Avance!

Il me montre la porte. Qu'est-ce qui m'attend derrière?

– Ouvre!

Il se passe quelques secondes ou une éternité. Jamais je n'ai pensé aussi vite. Son revolver est toujours pointé vers moi. Qu'est-ce qu'il y a dans cette cambuse? D'autres comparses? Fil de fer, le Barbu? Ça fait longtemps qu'on ne les a pas vus, ceux-là!

Non! Je n'obéirai pas! Le lieu est sinistre. Le doc va m'enfermer, me menotter, me battre me torturer, sans témoin! Non, le Loup n'entrera pas là dedans! C'est un piège. Le Loup est fou de liberté, jamais tu ne m'attacheras, jamais je ne serai ton prisonnier! Je mourrai plutôt que d'entrer dans cette prison!

Si j'ouvre cette porte, je suis ligoté, attaché, martyrisé. Je dois m'échapper. Non! Non! Tu ne m'auras jamais! Jamais! Doc pourri, doc hideux, doc meurtrier, doc sadique, tu n'auras pas ma peau!

– Avance, ordure! Ouvre cette porte!

C'est le moment, le Loup! Il commet une erreur, il n'en fera pas deux! C'est ma chance! Oui, je marche vers la porte. Tu as beau braquer ton arme sur moi, et vouloir m'abattre, je vais te filer entre les pattes.

Je dégage, je cours en zigzag, je saute, je décampe! Vite! Une colonne de voitures et hop! Je tourne à angle droit. Il ne réagit pas. Il me croyait obéissant, terrorisé. Il est estomaqué. Je ne vérifie pas, je cavale. Courir est ma seule force. Je sais courir, j'aime courir. Là, je dois courir, pour ne pas mourir.

Il tire! Une fois, deux fois, ça fait un boucan effrayant, deux détonations si proches. Elles résonnent dans mes tympans, elles claquent sur les tôles.

Il est fou, ce type. Je fonce, tourne. Il me suit en hurlant. La chasse, je n'ai jamais aimé, les animaux sont mes amis. Avec ce braillard hystérique à mes trousses, il n'y a pas quarante stratégies. Comme mes amis les lièvres, je détale tous azimuts. Imprévisible, je tourne à chaque colonne de voitures. Pas le temps de reprendre mon souffle. Il est à quelques mètres et il tire encore.

— Arrête ou je te tue!

Cela décuple mon énergie. Mon entraînement de jogging est utile. Comme quoi tout sert dans la vie! Ça, c'est mon cerveau qui passe à un autre palier. Autant je suis en alerte maximale, mobilisant toutes mes capacités, autant je me laisse un espace hors tension, où je peux analyser rapidement la situation. C'est une autre de mes forces, un second souffle intérieur qui ménage mes ressources. Étrange mode de survie!

Ma course est effrénée. Je tourne, autant que je le peux, j'évite les lignes droites. Seule, la pâleur lunaire m'éclaire. C'est assez et c'est trop. Il me voit encore. Il tire. Cela passe de plus en plus loin. Il a dû vider son chargeur. Un revolver, ça contient combien de balles? Le doc gueule, s'essouffle. Moi, je n'en suis qu'au début, prêt pour le marathon. En nocturne, ça aura du charme, surtout que je suis très motivé! Même si j'ai des réserves, j'aimerais récupérer quelques secondes. Les départs en flèche, c'est pas ma spécialité! Pas le temps! Il sent sa proie lui échapper.

Je suis encore à portée de canon, ça le rend furieux! Je saisis une barre de métal à terre. Au premier tournant, je la jette le plus loin possible à ma droite. C'est fait!

Je vire sec à gauche. Je me planque, je me colle au maximum aux vieilles bagnoles. Le gars ralentit. Il hésite. Il flaire la manœuvre. Un coup d'œil à droite, puis il vérifie à gauche. Il ne me voit pas. Il s'engage à droite. Son revolver luit, c'est laid cet éclat de mort. Je récupère mon souffle, deux trois respirations profondes, silencieuses, quelle volupté! Le doc revient vers moi. J'attends, je respire profondément. Il marche à pas lents, il scrute la nuit, l'arme braquée comme une lampe de poche. Oups! Il va de nouveau à droite. Je fais très discrètement quelques pas à reculons, ne le lâchant pas des yeux. Je vois son dos voûté sous la lune. Et je m'enfuis!

La cavale reprend. Il tire encore. Quel maniaque! J'ai presque vingt mètres d'avance sur lui.

Hop! à gauche, hop! à droite! Ça le rend maboul, déjà qu'il l'est pas mal. Sa voix est cassée. Il n'est pas en forme, le type. Moi aussi, je commence à être crevé. J'ai mal partout. Je fonce, le plus silencieusement possible.

Arrêt. Le gars ne me suit plus. Je l'entends courir dans l'autre sens. Il abandonne, il est vraiment fou? Il s'éloigne, moi aussi, j'en profite. Je creuse la distance. Mais pourquoi cette retraite précipitée? Bruits de moteur. O.K.! J'ai pigé. Il va chasser aux phares, je suis son lapin. Mon bonhomme, non, tu ne vas pas me descendre! Je vais monter!

Encore quelques zigzags, quelques virages, et hop! J'escalade les vénérables bagnoles en gaufrettes.

Attention! Ça coupe, ces pare-chocs rouillés. Maintenant, cherche-moi, doc dégueulasse, circule avec ton camion, balaie de tes phares les allées de la mort. Jamais tu ne m'auras. Parole de Loup perché!

Il freine, accélère, passe et repasse. Je ne bouge pas d'un brin. Je récupère. De là-haut, j'examine l'horizon. Sous l'éclairage lunaire, les colonnes de voitures ont l'air d'un château de métal, d'un échiquier de carcasses, empilées sur des centaines de mètres. Paysage hostile, sans végétation, sans vie, apocalyptique. En gros, ce n'est pas du gratin, comme dirait l'Agneau poétiquement. Je suis presque au milieu de ce dépotoir de véhicules. C'est un carré fermé de clôtures grillagées. Au-delà, des terrains vagues, un bosquet et une route avec des phares, des lumières. Là-bas, c'est la liberté, la vie, ici, la mort.

L'autre s'énerve à tournicoter dans les allées. Je ne vais pas rester là toute la nuit. Je dois redescendre et me rapprocher au maximum de la clôture. Sauter? C'est trop haut et trop d'aspérités dépassent. Le gars est presque à sa cabane, rien qu'à dix mètres de moi. Tout à l'heure, j'ai donc tourné en rond!

Il sort du camion. Je dégage au plus vite du perchoir, et maintenant cap sur la barrière! Finies les cogitations. Je sais ce que je veux et où je vais. Il m'a entendu. De sa voix brisée, il beugle de nouveau, et ce n'est pas le dialogue qu'il ouvre, c'est le feu! Il tire. Et recommence la cavale! Attention de ne pas tomber, le Loup! Lève haut les pattes, c'est plein de barres, de pneus, de morceaux de tôle.

Je commence à manquer d'énergie.

Un bruit en arrière, un juron, il vient sûrement de s'emplâtrer dans son désordre.

Bravo! Chapeau! Doc, quand on n'est pas entraîné, on ne s'aligne pas en nocturne. Minable! Je souris dans la nuit.

L'air gonfle ma poitrine comme un spinnaker dans le vent! Je suis fier de ma comparaison, que mon prof de français qualifierait de cliché. Je n'ai pas le temps de faire mieux. J'ai des ailes et je m'en sers. À moi la liberté, reste la clôture, et l'autre fou qui boîte et tire comme un illuminé!

Voici une brèche, hourra! La clôture ne représente plus un obstacle, ni pour moi, ni pour les rongeurs qui rôdent autour. Salut les rats, les marmottes, les putois, vous avez le bonjour de Ratou de New York! Vous passez par ici, je passerai aussi par là.

Ça y est! Me voici en zone libre!

Libre n'est peut-être pas tout à fait le mot. Zone, c'est certain!

Chapitre quinze

Chez les dingues

J'entends le camion sortir du cimetière de voitures qui aurait pu devenir le mien aussi. Le gars fonce dans le champ. M'a-t-il vu? On n'aura donc jamais la paix en ce bas monde? Je savais que la Terre est une vallée de larmes, j'ignorais qu'elle est un champ de course transformé en champ de tir! Être la proie permanente, c'est le bouquet! Il est tenace, le doc. Il fonce sur moi! Cette fois, il ne me manquera pas, du haut de son char d'assaut.

Le véhicule est lancé. Il saute dans le terrain vague. Le doc doit avoir des méga bosses à la tête. Déjà qu'il a le cerveau fêlé!

Pourquoi tient-il à me tuer? Qu'il me foute la paix! Il est rancunier. Vraiment pas le sens de l'humour!

Des trous, un semblant de ruisseau, des broussailles. Les crapauds arrêtent net leur concert. Si je peux atteindre le bosquet, je suis sauvé.

Le camion s'enlise dans une mare. Le gars essaie de le faire avancer, puis reculer. Il gueule, tempête, hurle, le docteur. Je vais au pas, je respire un coup. Je ne sais pas ce qui me prend, je lui fais un salut!

– *Bye bye!* L'ordure!

Il pointe encore son arme vers moi, je me couche sur le sol. Rien ne sort du revolver, pas un cliquetis. Il blasphème, lance un coup de pied dans la camionnette. Bordée de jurons. Je me relève, je fuis dans la nuit. Bonjour la liberté!

Je me retourne. Il ne suit pas. Bizarre, il est penché près de son véhicule. Il vomit. Pouah! Le docteur malade! Bravo!

Je suis méfiant. La mort, quand elle rôde, elle ne vous lâche pas tout de suite. Autant prendre ses distances!

Là-bas, il y a la grande route, à moins d'un kilomètre. Le terrain semble plat, comme une rizière. Je vais en ligne droite. J'ai hâte de faire une pause toilettes. Maintenant que la pression extérieure diminue, mes organes se relâchent. Dans les films policiers, les héros n'ont pas de besoins primaires. Dans ma réalité, je suis confronté à ces nécessités. Ici, les petits coins sont rares. L'horizon est horizontal. Hormis le bosquet déjà en arrière, nul abri. On fera avec les moyens du bord!

Pour l'instant, cap sur la route, celle de la vraie liberté! J'espère.

Ah! Que j'aimerais entrer dans le hall de l'hôtel, prendre une douche, un bon chocolat, une cuillère onctueuse de *Nutella,* du pain, du vrai, tremper ma tartine dans le bol de chocolat! Ce serait magique, ce serait le bonheur!

Jouer dans la piscine avec les jumeaux, admirer les gratte-ciel de Manhattan. Je rêve ou je délire? Méfie-toi, le Loup. L'homme est parfois son propre et pire ennemi. Pas le temps de philosopher. Cette plaine est un marécage.

Bonjour, les alligators!

Un téléphone ou un agent de police, et s'il vous plaît, conduisez-moi à l'hôtel. J'ai besoin de repos. Dites-moi comment vont les jumeaux. Je veux les entendre rire, chanter. Je veux m'étendre sur un vrai lit, ne pas me sentir épié, menacé.

Le sol est spongieux. Des escadrilles de mouches et de moustiques tournent autour de moi. Ça vrombit, infernal bruissement des ailes, piqûres de dards. J'ai beau les chasser, ces bestioles me dévorent. J'ai une irrésistible envie de déféquer. Allez! Hop! Ce n'est pas très élégant, mais ça soulage! Les insectes ne semblent pas incommodés, au contraire. Je me rhabille promptement et je repars.

Pourvu qu'il n'y ait pas d'alligators. J'ai lu que les gens lâchaient leurs nouveaux animaux de compagnie n'importe où et que ces derniers tentaient de survivre, parfois se reproduisaient et chassaient les anciennes espèces. C'est l'espèce humaine qui est stupide, pas les bêtes. Ça, les animaux le savent depuis plus longtemps que nous! Alligators ou pas, on verra. Je n'ai pas le choix. Je patauge dans la boue, généreusement parsemée de détritus. Des sacs en plastique, des boîtes d'aluminium brillent sous la lune, ajoutant à la poésie des lieux une touche moderne.

Je me retourne. Le doc a abandonné la poursuite. M'attend-il de l'autre côté de cette zone amphibie? Les phares des voitures m'encouragent à continuer. Là sera mon secours. Je n'en peux plus. Je fais une pause. Il y a tant de moustiques que je reprends ma lente progression. Parfois, je ferme les yeux, j'avance comme un automate. Je lève haut les genoux, c'est épuisant. J'ai faim et soif. Je bute sur des morceaux de bois, des branches. Je me cogne à un mœllon, retombe dans la vase. Les moustiques s'éloignent de moi, je suis trop sale pour eux! Que vont penser les gens en me voyant? Tout le monde doit être au courant de ma disparition. Je n'aurai sûrement pas de difficultés à être recueilli par de bonnes âmes. Dès que je repère une voiture de la police ou un téléphone, c'est gagné pour moi.

Enfin, je gravis le talus de la voie rapide.

Oh! Que ça fonce! Les camions déplacent l'air, j'ai failli retomber dans le marais! Ils me frôlent, ces mastodontes de tôles frémissantes. Tout le monde roule à vive allure. Je ne peux pas faire de l'auto-stop, impossible. Je suis à peine visible dans la nuit.

À droite, plus loin, une aire de repos; des voitures y sont stationnées. Je vais remonter jusqu'à elles et dans quelques minutes me voici reçu en héros à l'hôtel.

Deux véhicules, dont une voiture de sport, le toit ouvert sur la voûte non étoilée, une vraie bagnole! Je m'approche. J'imagine l'Agneau me voyant sortir de cette décapotable. Ça, c'est de la classe! «Le Loup est de retour!» «*Le Loup is back!*» titreraient les grands quotidiens de New York, et ma photo, comme une star à Cannes dans la rutilante voiture américaine!

Faut vite déchanter. Deux amoureux s'ébattent dans des tenues osées. Prière de ne pas déranger. Le gars me reluque avec des poignards dans les yeux. Non merci, pas pour moi, j'ai déjà contribué!

L'autre voiture? Deux messieurs habillés de noir. Sous l'unique réverbère, on dirait des croque-morts.

Wouach! Ils ne m'inspirent pas confiance.

«Jeune Loup cherche gens normaux pour rentrer à la maison.» C'est ce que j'aimerais dire, mais ces deux lascars ne sont pas drôles.

– Où allez-vous jeune homme?

J'ai envie de leur répondre : «Chez mère-grand, pour lui apporter des tartelettes!» Je ne réponds pas, leur politesse me rend méfiant. Je fais semblant de rien. Je me donne un air décidé. J'avance.

– Nous sommes sur l'autoroute de la fin du monde! Il est temps d'écouter la parole des sages : peu seront élus, peu seront sauvés.

Je les observe. Ils me dévisagent, complètement ahuris.

– Lavez-vous (hésitation dans la voix) de vos péchés. Vos jours sont comptés. Lisez ce livre.

Ils me tendent un livre aussi noir que leurs vêtements.

Je le refuse.

– Prenez votre avenir en mains. Votre vie en dépend. Court est notre passage sur terre. L'Apo-calypse éclate, repentez-vous!

Le gars sort de la voiture, me saisit la main et me force à garder son bouquin.

– N'oubliez pas, jeune homme, la propreté du corps et celle de l'âme vont de pair! Soyez

prêt pour le jugement dernier qui est imminent.
Poussière, tout n'est que poussière.

Ils démarrent en trombe, me laissant dans
un nuage suffocant.

Marre! Marre! J'en ai marre. Je veux retourner chez moi, à Paris. Je veux caresser la chatte
Blanchette, retrouver mes copains. On rembobine le film. Je suis chez les dingues, ou suis-je
dingue? À la poubelle le livre!

Chapitre seize

Big Mama

Une Lincoln noire entre dans l'aire de repos. Elle s'immobilise. Le moteur crache de la vapeur. La conductrice est une *big mama*. Elle est inquiète.

Elle ouvre le capot. Un vrai geyser!

Pour accompagner les jets, elle lève les bras au ciel.

– Mon Dieu! Mon Dieu!

– Je suis là, Madame!

Elle se tourne vers moi. Elle éclate de rire.

– Toi, c'est quelle race? Quelle planète?

– Non! Non! Ne touchez pas au bouchon, le volcan va exploser.

– Hey! Mais, tu parles français!

– Oui, bien sûr. C'est vrai je n'avais même pas remarqué que vous parlez français vous aussi.

– Hé! Je suis d'origine haïtienne!

– Comme Nestorine.

– Qui?

– Une amie, Nestorine Lavertue.

– Elle vient du Cap?

– De quel cap?

– Cap-Haïtien.

– Je ne sais pas.

– Que fais-tu ici?

– J'ai été kidnappé.

– C'est ça! Et moi cloné en Barbie! Ah! Ah! Une autre blague, s'il te plaît.

– Vous refroidissez, Madame.

– Pardon?

– Je veux dire, le moteur va mieux.

– Tu penses qu'on peut dévisser le bouchon?

– Avec un chiffon, dans quelques minutes.

– Je vois, tu travailles dans une station-service, c'est pour ça que tu es barbouillé.

– Et vous, vous êtes une chanteuse.

– Pourquoi?

– Comme ça.

– Dis-le! Parce que je suis un peu enveloppée!

– Non, ce n'est pas ce que je voulais dire.

– Bon, il faudrait que je trouve de l'eau pour ce fichu radiateur.

– De l'eau? Il y en a plein partout.

– Où?

– Là, ce sont des marais!

– Pas bon pour un rad.

– Ben, jusqu'à la prochaine station.

– Tu vois, tu te trahis, petit gars. Marché conclu. Tu fous de l'eau et je te reconduis à ta station. Tu me vidanges et je repars.

Vraiment, je suis sur une autre planète et elle ne ressemble pas à celle du Petit Prince!

Je ramasse une bouteille dans la poubelle et hop! Je retourne dans mon marais. Ce n'est pas ragoûtant, mais vu qu'on n'est pas bien éclairé, ça va passer.

Je prends le chiffon. Je tourne le bouchon.

– T'as le métier dans le sang, *timoun!*

Je ne discute même plus, surtout pendant le travail. Amène-moi à une station service et là, avec un téléphone... Oups! J'y pense, le principe du Loup! J'ai encore une fois la solution à mon problème!

– Vous avez un portable?

– Non, je ne me promène jamais avec un ordi.

Quel est le rapport? L'eau, enfin le jus de marais, coule de travers. Je m'en fiche, je rebouche.

– Tu penses qu'il y en a assez?

– Peut-être trop, Madame!

J'ai hâte de quitter cette aire de repos sans répit. Quel vacarme!

– On peut y aller, Madame!

– Embarque!

La voiture démarre.

– Chapeau, qu'elle me glisse, les yeux admiratifs.

Je gonfle, comme une grenouille sortie récemment du marais.

– C'est quoi ton nom?

– Le Loup.

– Arrête tes bêtises. Moi, je m'appelle Vénus.

Je souris. Ça fait longtemps que je n'ai pas souri. On roule depuis cinq minutes, le moteur hoquette. Oh! là! là! Ça va mal. Vénus n'aime pas. Elle me fixe sévèrement.

Elle se range sur le côté droit de la route. Elle met les feux d'urgence.

– La voiture ne veut plus rien savoir. T'es un mécanicien à la gomme!

– Je vous l'ai dit, je ne suis pas garagiste.

– Bon! Je vais appeler une dépanneuse! Cela va me coûter une fortune.

– Et comment vous allez l'appeler?

– Mon cellulaire.

Là, je la regarde droit dans les yeux et je la trouve malhonnête.

– Qu'est-ce que t'as?

– Vous m'avez dit que vous n'aviez pas de portable.

– Exact.

– Oh! là! là! Mes deux mains sur la tête, je me secoue le coco.

Cellulaire, portable, trop, c'est trop.

Je sors.

– Fais gaffe, gamin! Tu vas te faire écraser. Reste là!

Oups! Je m'aplatis au fond de la voiture.

Big mama m'observe avec étonnement.

– Qu'est-ce qui t'arrive? Malgré ta crasse, t'es tout vert!

Mon cœur bat des records, impossible de compter les pulsations!

Là! Là! En arrière! La camionnette! C'est celle du doc. Purée de moi! Le doc! Il tourne lentement. Il est complètement fou, ce type! Il est venu se venger, c'est clair. Un bandit normal, ça fuit. Lui, il me colle après, il est vraiment très dangereux. Quelle hargne contre moi! Il a perdu la tête, le bonhomme. À moins qu'il ait toujours été comme ça. Pour faire ce genre de saloperies à des enfants, faut être beaucoup plus fêlé que la moyenne.

Big Mama, pitié!

– C'est ton *boss* qui te cherche hein?

Je fais « oui » de la tête. Elle n'y croit pas, à mon histoire de kidnapping.

Sympa, elle me jette la couverture du siège arrière sur le corps. Je me recroqueville sous le tableau de bord, position familière depuis quelque temps!

Big Mama sort son portable-cellulaire-téléphone et appelle la dépanneuse.

La camionnette du doc arrive à la hauteur de notre voiture.

– Vu personne?

Big Mama ne répond pas.

– Pas vu de petit monstre?

Big Mama continue sa conversation dépanneuse.

Le doc stoppe son moteur. Il descend. Oh! Là! Là! Ça ne finira donc jamais? Il fait le tour de la voiture, j'entends ses pas.

– C'est quoi le tas en dessous?

Big Mama arrête de parler au service de dépannage.

Elle compose un autre numéro, très court, quelques chiffres.

Le doc insiste.

– Je veux savoir ce qu'il y a là-dessous!

– Mes affaires, pas les tiennes, tchao!

– Ouvre ta porte ou je te bute!

– Vite! Sur l'autoroute 480, voiture Lincoln noire, zone de repos avant la courbe 708, ça urge, agression!

– Ouvre, je te dis!

– Minute!

Big Mama descend. La voiture remonte.

Elle n'a pas la trouille l'Américano–Haïtienne!

– Je vais vous montrer.

Elle avance vers la porte. C'est pas vrai! Elle ne va pas me livrer à ce truand! Ah! Non! J'ai pas fait tout ça pour rien! Ma vie s'écroule. Je n'ai plus de force.

Subitement, je ne sais pas ce qui se produit. Il y a un bruit fort sur la porte. Ça cogne contre le métal! Un cri! C'est la voix du doc!

Je me lève doucement. *Big Mama* vient de lui enfoncer violemment le genou dans les cerises. Le doc est plié en deux. Une vraie vasectomie en direct, sans anesthésie, et elle se termine par un petit coup de karaté sur la nuque.

Le doc est vraiment malade. Il voyage pour un bout de temps sur une autre galaxie.

– Finie, la planète des machos! La femme moderne, c'est ça, avec le bonjour d'«Haïti chérie»! déclare *Big Mama*.

Et voilà le cirque qui commence. L'Amérique, la vraie, se déchaîne. Oh! là! là! C'est exaltant!

Chapitre dix-sept

Superproduction

L es Américains ne lésinent pas, cette fois-ci. Ils mettent le paquet! Je passe directement du marécage à la superproduction. Une voiture de police s'écrase presque sur la Lincoln de *Big Mama*, deux autres autopatrouilles encadrent la camionnette. Le doc est encore sous le choc. Pour une fois, les arguments de Vénus l'ont touché! Il est pris sous les phares de ces messieurs de la police. Sirènes, gyrophares, haut-parleurs, détournement de la circulation, tout y est.

– Salut, clone de doc!

Me voici assis dans une immense voiture de police portant les célèbres lettres *NYPD*. Il y a tout dans ce véhicule blindé. D'abord une policière et un agent, les deux taillés dans du roc massif, puis des ordinateurs, des lumières, des écrans, des boutons, des micros, des caméras, un magnétoscope et des machines inconnues. Ça grésille de sons, de conversations. Je ne pèse pas lourd. La femme conduit, c'est une championne. Ils sont heureux de leur prise, heureux, mais professionnels, pas un mot de trop. On n'a pas le temps de compter les pâquerettes. Tous les véhicules dégagent sur notre passage. Nous filons comme un requin au milieu d'un banc de poissons. Priorité à la police de New York! Rien ne lui résiste.

     – J'ai faim!

     Le copilote me regarde dans le rétroviseur :

     – Chips? Boissons?

     – Euh! oui.

     Et hop! On survire à gauche et on s'arrête pile devant une boutique d'autoroute. Le policier sort de la voiture. Tout le monde s'écarte sur son passage. Dans la boutique, des clients sont intrigués. Quelques secondes plus tard, il revient vers nous avec une bouteille d'eau et un sac de chips.

     Sympa, la police de New York! Des gens essaient de voir qui transportent ces policiers si serviables. Comme les vitres sont teintées, je peux observer les curieux, pas eux.

     Oups! On repart. Ça m'enfonce dans le siège.

     Je commence à aller mieux. Je n'ai pas mangé depuis une éternité. Je ne sais même plus quel jour nous sommes. J'ai soif et l'eau est un délice! Je ne me souvenais pas que l'eau pouvait être aussi bonne.

Les policiers sont fiers de leur coup.

– On a des enfants, me confie le copilote.

Et hop! On redécolle. Un vrai chasseur à réaction, ce véhicule! Je suis projeté en arrière.

– Toujours là, *frenchie?* me lance la policière.

Ils éclatent de rire.

Derrière nous, la dépanneuse suit. J'aperçois *Big Mama* qui semble avoir des vapeurs. Ça roule, madame. Elle sourit, mon Haïtienne chérie! Mais cette fois, on la sème pour de bon. Je suis dans le T.G.V. de la police américaine. Place à nous!

Je ne sais pas ce qu'il y a de si urgent, ni où ils me conduisent. On joue à la formule 1 de la police. Le copilote fait périodiquement un rapport radio, je ne comprends pas leur jargon.

On dépasse les prédicateurs. Leur corbillard est poussif, ils ne sont pas pressés d'arriver à la fin du monde! J'y serai avant eux. Je leur fais un petit signe. J'oublie qu'ils ne peuvent pas me voir. Ils ont l'air ailleurs.

Les policiers m'observent avec surprise, mais on n'a pas le temps de commenter.

Nous sortons de l'autoroute par une bretelle qui, à cette vitesse, prend l'aspect d'une piste de saut à ski.

S'ils veulent m'impressionner, c'est réussi! On vire à droite, à gauche, on bloque tout, on repart. Tout se débloque grâce aux hurlements de nos sirènes. Et hop! Nous voici plantés face à un immeuble à la beauté militaire. Une porte électrique s'ouvre, et c'est la descente dans un stationnement.

Quelques secondes plus tard, je suis assis devant un chef et plein d'autres chefs se joignent à nous, et on me pose mille et une questions.

Heureusement que j'ai mangé un peu, sinon je ne tiendrais pas le coup.

On me bombarde de photos, « pour les archives », qu'ils disent et on prend mes empreintes digitales. Et ils mettent tout cela dans leurs ordinateurs.

– Pas de tatouage? De perçage?

– Non, ce n'est pas mon genre.

– C'est quoi ton genre?

Je ne réponds pas, je suis fatigué, pas en état de répondre, ni en état d'arrestation!

Ils ont l'air préoccupés de savoir si je suis vraiment moi.

Pas facile de leur prouver que je suis moi!

Ils me lassent.

– J'aimerais parler à mon père et à ma mère.

Et voilà! Ils ont une ligne prioritaire. Pas possible! Ma mère est déjà au bout du fil.

– Le Loup, où es-tu, que fais-tu?

C'est un peu notre mot de passe, qui veut dire «on s'aime tout gros».

– Je suis vivant, et avec des policiers vivants, eux aussi.

– Tout va bien?

– Parfois. Je voudrais manger un peu. Ça va.

– T'as pas la fièvre?

– Je ne sais pas, j'ai eu la trouille.

– Je t'embrasse, je te passe Papa.

J'espère qu'il ne va pas m'engueuler. Ce que j'ai fait, c'est trop fou! Mais j'ai suivi mon instinct et je n'ai pas vraiment eu le choix. Se tromper en voulant faire du bien, c'est mieux que de se tromper en voulant être méchant. Faudra que je me penche sur mon raisonnement. Pas le temps. Mes parents m'avaient dit que nous étions responsables des petits. Alors, j'ai assumé ma responsabilité. J'ai pris des risques, j'ai été happé dans un engrenage, pas moyen de m'en sortir. Je ne savais pas dans quoi je m'embarquais. Si j'avais su!

– Oui, je t'entends!

– T'as l'air absent, le Loup.

– Non, juste un passage à vide. Les jumeaux?

– En forme.

Je soupire. Je regarde le ciel, Dieu merci!
Je suis aux anges. Je revois les yeux brillants
de la chatte Blanchette, merci. Et l'akita, merci.
Tout cela en une fraction de seconde. C'est court
et c'est long, une fraction de seconde, on s'en
souvient parfois toute sa vie. L'éternité en un
instant, celui qui change le destin. Les cham-
pions la connaissent, la fraction de seconde qui
fait chavirer la vie. Et quand c'est bon, c'est la
vague de joie. Sinon le séisme engloutit tout et il
faut reconstruire. Et cette fois, c'est bon!

– Allô! le Loup? Es-tu là?

– Oui, oui.

– Bertrand a retrouvé sa petite chaussure.

Je l'aime, mon père, surtout quand il me dit
des gentillesses avec pudeur, de façon indirecte.
Je ne peux pas lui répondre : «Papa, je t'aime».
Ça me paraît idiot. Pourtant, c'est ce qu'il sou-
haiterait entendre. On est compliqués, les gars,
parfois! Je devrais essayer, même dans un bureau de police.

– Merci, papa.

– Tu les as sauvés, mais tu as été impru-
dent, tu aurais pu y rester.

Wouach! J'ai ma douche froide. En ce moment, toute cette histoire me revient à l'esprit et
me glace. J'en ai des frissons. Ce que j'ai fait,
c'est bêtise sur bêtise. J'ai pris des risques

énormes. Je n'ai pas réfléchi. Je culpabilise au maximum. Il est un peu tard. La victoire a un goût amer. Au moins, ce n'est pas une défaite. Je ne suis pas fier de moi. La fatigue se jette sur moi. Je vais avoir du mal à décompresser. Faudra que j'écrive ça plus tard, parce que mon aventure a un prix que je paie cher, et qui me tombe dessus en ce moment de faiblesse extrême.

– Tu n'es pas un policier, le Loup! Tu as quatorze ans. Tu m'as fait vieillir, on était fous d'inquiétude.

– Pardon, je ne recommencerai plus...

J'entends mon père soupirer. Ce sermon est pire qu'une engueulade, et ce qui me brise, c'est qu'il a totalement raison, le paternel.

– Pardon, papa.

– On t'aime, le Loup, ton frère aussi!

– Moi aussi je vous aime.

Et là, je pleure. Je pleure comme un tout petit. Les policiers se tournent vers moi. Ils doivent penser à leurs mômes ou à leurs neveux. Ils ont le cœur attendri, même s'ils n'ont pas compris, mais tout enregistré. L'un d'eux me donne un petit coup de poing amical.

Des sirènes retentissent, celles d'un cortège. Quelques instants plus tard, je vois, dans le couloir le doc, solidement encadré, les menottes aux poignets. Il a l'air minable. Les policiers lui font grise mine. Comparé à lui, je suis le prince du poste, j'ai le traitement de faveur, et ça fait du bien, pour une fois, d'être du bon côté de la barrière.

    – On y va! lance le chef des chefs.

Chapitre dix-huit

Comme un prince

– **R**etour à la maison! annonce le chef de police.

La maison! Elle est loin, à Paris, en ban-lieue. J'aimerais être dans notre appartement de Maisons-Alfort, revoir les chats en liberté de Château-Gaillard. Je les aime, ces minous, je les caresse tous les jours, surtout Blanchette aux yeux abricot.

Nous sommes de nouveau dans l'auto-patrouille.

– Et l'akita, il est où? Il n'est pas mort, j'espère!

Ils ne me répondent pas. Ils ont allumé leurs ordinateurs de bord. La policière et son adjoint sont de nouveau très professionnels. Je ne sais pas avec qui ils correspondent. On a le temps d'être secoué dans ces rues et ces avenues de Manhattan.

– Voici la réponse, que mes collègues me donnent. Je lis sur l'écran : « Ton chien va bien. » On t'en donnera des nouvelles plus tard. Pas d'inquiétudes.

Professionnels et efficaces. Je n'ai rien contre la police. Un de mes meilleurs copains de classe, son père et sa mère sont gendarmes, dans notre ville. Ils habitent dans un quartier à eux, les policiers, près du vieux fort, pas loin de chez nous. Ils m'impressionnent, ses parents, sympas et sportifs. Moi, j'aime bien savoir à qui je parle et que ça soit franc et direct, avec eux c'est le cas, idem pour les deux athlètes qui me guident en ce moment.

– Merci pour l'akita!

– O.K., qu'ils répondent.

On continue en urgence, les feux sur le toit, les sirènes au maximum.

– Pourquoi on va si vite?

– Tu ne veux pas revoir tes parents?

– Si! Si!

– Alors?

Je souris. C'est vrai que je suis le roi! Je traverse Manhattan à toute allure, comme un prince. Cette fois, j'aime Manhattan, j'aime New York, et même l'Amérique! J'aime tout le monde, sauf les salauds qui nous ont tant fait souffrir. Ceux-là, je ne peux pas les sentir. C'est rare, que j'aie de la haine pour des gens. J'espère qu'on va leur infliger des punitions, comme de les obliger à nettoyer des toilettes pendant longtemps!

Je flotte sur un nuage, faut dire que la voiture est souvent projetée en l'air. Alors, je touche presque le toit. Heureusement qu'il y a la ceinture, sinon j'aurais la tête dans les épaules pour la vie!

Et vlan! Virage et revirage, et nous voici devant le fabuleux hôtel! Le hall d'entrée, tout est éclairé. Ça fait une éternité que je ne suis pas venu ici.

– Tu es de retour, le Loup! m'annonce triomphalement la policière, le tout avec un sourire très hollywoodien.

– Merci, Madame et Monsieur.

– Bienvenue! On va se revoir, c'est sûr. On te remet à ta famille.

Finalement, ils sont sympas, ces policiers. Ils se donnent même la peine de sortir. Quelle escorte! C'est là que je me rends compte qu'ils sont grands. J'ai l'air d'un pingouin entre deux géants.

– J'espère que tu ne comptes pas sortir ce soir!

Je ne capte pas tout de suite leur humour. Ils me répètent leur blague en souriant. Je ris et ils me donnent une bourrade amicale.

J'aperçois mes parents, juste en avant.

– Salut ti-gars, me dit la policière.

Je ne sais plus quoi faire. J'ai une envie folle de courir vers mes parents, mais je ne suis plus tout petit. Ma mère! Je ne résiste plus, je fonce. Et voici l'Agneau, Nestorine et Hippolyte, et en arrière j'entr'aperçois les bébés. Ça, c'est le bonheur! J'ai peur de tomber dans les pommes.

Ma mère me serre dans ses bras. Je ne pense plus à rien. Le *shalimar* maternel, son parfum préféré, m'envoûte. L'Agneau me tire par la manche, mon père me prend par les épaules. Je vais étouffer d'affection. Ça fait du bien!

Et voilà des flashes. D'où sortent ces galaxies qui explosent? Il y a même des caméras de télévision. Qui a prévenu les journalistes? Nestorine pleure à chaudes larmes. La maman et le papa me tendent Bertrand et Lara!

Je n'ai pas la force de tenir les jumeaux. Je les embrasse tendrement. C'est le plus bel instant de ma vie récente. Oh! Que je les aime! Pour eux, je serais allé au bout du monde. Je n'aurais pas dû prendre tous ces risques, papa, tu as raison. J'ai fait des bêtises, faudra que j'explique ça à un psychologue. Eux, ils vous réparent l'esprit. Faut pas que ça commence à me traumatiser à rebours, cette aventure. Quand est-ce que je serai tranquille?

Il y a de l'émotion dans l'air.

Le hall de l'hôtel est sens dessus dessous. Je ne souhaite pas devenir un héros. La publicité, ce n'est pas mon genre, la gloire ne m'intéresse pas. Quand j'étais petit, oui, j'aurais voulu être une star. Maintenant, à quatorze ans, je préfère une bonne musique, un bon livre et la paix. Je suis peut-être bizarre pour mon âge, mais je suis ainsi.

Je n'ai rien à dire à ces gens cachés derrière leurs micros et caméras.

– Un mot, un sourire, une photo, avec les enfants, la famille.

On se prête à toutes leurs demandes. Je suis fatigué, je veux juste être avec les jumeaux et la famille.

On me demande de m'avancer, que mes parents me suivent. Il y a un pupitre. Le nom de l'hôtel y est gravé en lettres dorées, des micros forment une couronne en avant de ce « lutrin médiatique », une expression que je ne connaissais pas et que m'apprend mon père.

Un monsieur de l'hôtel m'explique que je vais participer à la conférence de presse.

Je n'ai rien à déclarer. J'ai la langue pâteuse, je suis crotté et épuisé.

Maman me glisse à l'oreille :

– Encore un petit effort, le Loup, et on aura la paix jusqu'à la fin de notre séjour. Et pense que ce que tu as vécu permettra peut-être aux gens d'être vigilants et d'éviter d'autres drames. Pense surtout aux enfants, à tous les petits du monde.

Ma mère me ferait presque pleurer de nouveau, elle a tellement raison.

Alors on y va, pour la paix, la mienne et celle de bien d'autres.

Chapitre dix-neuf

Merci, Massi!

Que de monde devant moi! On ajoute encore un micro, quel cirque! Les questions fusent. Les journalistes parlent vite, les caméras filment ce désordre. Maman a su me motiver.

Puisqu'il faut faire le clown, je vais leur servir un Ti-Loup du meilleur cru!

Un monsieur de l'hôtel intervient, il gère la séance, on démarre.

– Avez-vous eu peur?

– Tout le temps.

– Êtes-vous heureux de cette fin?

– Très heureux.

Silence. On dirait qu'ils savent déjà tout. Et c'est reparti.

– Pourquoi avez-vous fait cela?

– D'instinct, je n'étais pas conscient des risques.

– Si c'était à refaire?

– Impossible pour moi de répondre à une question pareille, Monsieur, excusez-moi.

Ça commence à être palpitant. Je sens l'adrénaline.

– Avez-vous une petite amie?

Non! Ce n'est pas drôle comme question. Je rougis. Pas de réponse. Ça les fait sourire.

– Aimez-vous New York?

– Je n'en ai rien vu.

– Que souhaiteriez-vous voir?

– La mer, l'océan, parce que les marais ça suffit, assister à une partie des *Harlem Globe Trotters,* ce sont mes idoles.

Tout le monde s'esclaffe.

– Pourquoi avez-vous suivi les kidnappeurs?

– Ces enfants, je les adore. Comme je viens de vous le dire, je n'ai pas évalué les risques.

Leurs flashes sont agaçants et éblouissants.

– Que pensez-vous des bandits?

– Ce sont des pourris. Faire ça, ce n'est pas normal. La violence, ce n'est pas mon style.

– Vous avez eu peur de leurs armes?

– Vous, vous n'auriez pas eu peur?

Et tac! Quelle réponse!

– Je déteste les armes, les revolvers, les fusils et autres machines de guerre. Non merci.

Une journaliste hoche la tête, elle doit avoir les mêmes idées que moi, elle applaudit.

– Merci, Madame.

Tout le monde se détend.

Je me sens plus en forme.

– Vous êtes resté combien de temps dans les poubelles.

– Vous êtes déjà au courant de tout. C'était long et j'étais follement inquiet pour les petits. Et puis, il y avait une dame à une fenêtre, je voulais l'avertir. J'aimerais lui dire publiquement un grand merci. Elle nous a sauvé la vie!

On demande à une dame, intimidée par le brouhaha, de s'avancer dans la foule. C'est elle! *Miss Basta!*

Je vais à sa rencontre. Je plonge dans ses bras. On nous mitraille. Des soleils éclatent de partout.

– Merci, merci, dit la dame.

Elle me murmure quelque chose de gentil, dont je ne comprends rien, tant il y a de vacarme.

Tout à coup, un bruit énorme vient de la porte principale.

J'ai une appréhension. Pourvu que ça ne recommence pas! Les journalistes m'ignorent, ils sont braqués sur l'entrée.

Est-ce le président des États-Unis, non? C'est sûrement une star de haut calibre. Ma gloire fut éphémère. Les policiers ont l'air très occupés par cette personne. D'où je suis j'aperçois un angle de la rue, je reconnais la Lincoln noire, remorquée par la dépanneuse. *Big Mama* vient d'arriver. Ma sauveuse de l'autoroute! Elle fait une entrée triomphale!

Elle réussit à convaincre le service de sécurité, elle vient directement vers moi. Elle brandit un fond de bouteille du marais!

– *Timoun!* T'as oublié tes outils dans ma voiture!

– Et ton paquet de chips dans la nôtre! ajoute le policier qui se joint à *Big Mama*.

La salle croule sous les rires. Photos, *Big Mama*, *Miss Basta*, le policier, les objets à conviction : une bouteille en plastique, un sac de chips presque vide.

– Mais, c'est Nestorine! Que fais-tu là? Je la connais, elle vient du Cap-Haïtien.

Ça y est! Nous voici en famille. Nestorine et son frère, et la famille Lavertue, tout le monde s'embrasse. C'est la fête. Si ça continue, je vais perdre mes parents, dans ce tohu-bohu!

Les petits sont dans les bras de leurs parents. Ils sont calmes, les bouts de chou. Ils sucent leur pouce. Ils clignotent des yeux, sous les lumières vives. Les savoir là, près de moi, sains et saufs, quel bonheur!

– Quel âge avez-vous? Quelle musique aimez-vous? Quelle est votre plus grande qualité? Vous n'êtes pas si costaud que ça, et pourtant vous vous en êtes sorti. Comment l'expliquez-vous?

Cette dernière, je ne la laisse pas passer, je suis un Loup, pas un récipient à insultes.

– C'est vrai, je ne suis pas baraqué (le gars qui fait la traduction simultanée hésite, me regarde et imite une carrure, le public sourit; finalement ils sont plutôt relaxes, pour des journalistes), mais j'ai des bonnes jambes. Je suis un coureur, je suis un loup, j'ai du souffle. Je n'affronte pas les problèmes, je les fuis. (Les gens rigolent, est-ce que je dis des stupidités?) Je contourne toujours les obstacles, et quand tu as peur, tu bats des records. C'est ensuite seulement que tu te reposes, après l'effort. Pigé? Autre question?

Ça leur cloue le bec! Ils sont étonnés. Moi aussi, je m'étonne. Ce qu'on peut devenir, parfois! Qu'est-ce que je fiche ici? Je suis un timide et je parle à des journalistes de New York! Même mes parents ont les yeux tout ronds. Il n'y a que l'Agneau qui semble à mon diapason.

– J'ai couru pour les enfants, pour revoir ma famille, mon petit frère, mon père et ma mère. J'ai eu peur de ne plus les revoir. Je les aime beaucoup, mon frérot...

Mes parents, en larmes, poussent l'Agneau vers moi. Il hésite, il a les yeux pleins d'eau, et moi je suis dans le brouillard. Dans la salle, on entend des bruits de mouchoirs. Je sanglote. L'Agneau me rejoint. Je le serre fort.

C'est là que je mesure mon inconscience. Je pleure, renifle. *Big Mama* me passe un mouchoir, un vrai, pas un confetti en papier, quasiment une serviette de table, faite en Haïti.

– Si tu as besoin, j'ai la nappe dans le *tap-tap* dehors.

J'ai failli m'étouffer entre mes sanglots et mes rires!

Et puis, encore un drôle de bruit dans le hall. Les journalistes me délaissent de nouveau. Il y a un raffut terrible là-bas. Les photographes sont quasiment à genoux, et c'est un orage électrique de flashes qui se déchaînent. Encore une star mondiale qui débarque. Je ne suis déjà plus rien. Ah! Civilisation du jetable, comme dit souvent le paternel, lorsqu'il veut nous faire prendre conscience de nos gâchis.

Dans l'allée marche un homme à la carrure imposante. Il a l'air de voir partout et ne s'en laisse imposer par personne. Il tient une laisse, tout le monde s'écarte sur son passage. Ce doit être un ours, il est blanc. Je comprends que je ne fais pas le poids avec un copain de la banquise égaré dans cet hôtel! Dans la vie, il faut savoir s'effacer quand il est temps. J'esquisse

un retrait en direction de mes parents. Enfin le
repli vers la cellule familiale, une formule de ma
mère, après ses cours du soir en psychologie.

Le chien! C'est lui! L'akita!

Le monsieur lui a mis une muselière. Je
comprends. Il passe d'une cour minable au tapis
d'un luxueux hôtel, de la prison solitaire aux
caméras de télévision.

Je bondis vers lui. Il agite la queue. Oh! Que
je l'aime mon compagnon de malheur! Ne me
dites pas qu'ils vont aussi amener Ratou, le rat
des poubelles! Là, je pense que tout l'hôtel serait
en émoi, sauf moi!

Je descends dans l'allée. Le monsieur s'arrête.

– *Hi!* Je m'appelle George. Grâce à vous,
j'ai retrouvé mon meilleur ami, volé depuis deux
mois. Maintenant, je suis un homme heureux.

Il me serre la main. Wouach! Je crois que
mes os ont craqué. Ils sont bâtis, les gens d'ici!

Le chien est assis à nos pieds, sa queue
balaie de joie le tapis. Je caresse cette grosse
boule blanche et grise qui me tend sa patte.

J'entoure de mes bras son cou. Facile à faire,
le chien a une muselière!

L'akita ronronne. C'est émouvant, magique.
On est bombardés de photos. Je vais finir par
bronzer avec ces lumières.

– Merci infiniment, me dit George.

Le chien se lève, m'inspecte les jambes. Il les sent, les renifle, les lèche et se couche sur mes pieds!

George sourit.

– Il n'y a qu'avec toi qu'il est gentil comme ça!

Je ne sais plus où j'en suis. La tête commence à me tourner. La tension vient de tomber pour moi, et une immense fatigue m'envahit. Je n'ai même pas faim, juste envie de dormir. Je ne sais plus quel jour, ni quelle heure nous sommes.

Ma mère et mon père m'encadrent. Les photos continuent, tandis que mes parents me conduisent vers les ascenseurs.

Je fais un « au revoir » de la main et une grande caresse à l'akita qui grogne de reconnaissance. Je tiens la main de l'Agneau. Les jumeaux montent avec leurs parents dans l'ascenseur de gauche. Nestorine et les siens partent avec *Big Mama* et *miss Basta*.

À la porte de l'ascenseur, George a du mal à retenir l'akita.

– Il s'appelle comment?

– Massimo, Massi, si vous voulez.

– Merci, Massi!

Le chien me tire avec sa patte. Il me regarde droit dans les yeux. Deux loups se saluent! Ça fait du bien de faire du bien!

Je me retrouve dans la chambre. Il n'y a plus de bruit, plus de gens, que la famille, la rumeur de la rue. J'admire le confort. Quel luxe! Tout est propre, rutilant. On m'entoure. Que cela est agréable, mais la tête me tourne. Je m'étends sur le lit. Je sais que maman m'enlève mes chaussures.

Je n'ai plus de cerveau, rien qu'un tourbillon, un kaléidoscope d'images effrénées.

Puis ce fut la nuit, ma nuit.

Chapitre vingt

Pourquoi ces jumeaux ?

Quelle nuit! Des cauchemars, des gens, des courses épuisantes. Tout passe et repasse, des scènes effrayantes, je tombe, je suis essoufflé. J'ai soif. Maman me donne de l'eau. Parfois, elle me rafraîchit avec une serviette mouillée sur le visage et je me rendors.

Je sue beaucoup, mon oreiller, mon cou sont humides,

Papa est assis à côté de moi. Dans mes rêves, j'essaie d'ouvrir les yeux pour revenir à la réalité, mes paupières sont collées, lourdes. Papa me parle à voix basse, il me serre la main, me transmet sa force.

– Tout le monde est sauvé, dors mon Ti-Loup, on est là, on t'aime.

L'Agneau, il paraît que je l'ai demandé souvent.

– T'as même parlé de Nestorine, ironise mon frère.

Là, je comprends, nous reprenons tous notre place comme avant dans la famille, et cela fait du bien.

– Heureusement, le docteur, le vrai, t'a donné des « gentils biotiques ». Ça va te désinfecter, m'explique l'Agneau.

– Un docteur est venu?

– Pour Monsieur! continue l'Agneau. Il a même laissé un journal. Tu te rends compte, tu étais déjà dans le journal hier soir, quelques heures après ton retour. C'est ça, New York!

– *Start spreading the news...* entonne maman.

– *New York, New York!* reprend papa.

– T'as bu beaucoup d'eau, me signale l'Agneau.

– Je ne m'en souviens pas.

– Tu te rappelles hier soir?

– Un peu. Je suis encore très fatigué.

Je me rendors. Lorsque je me réveille, il fait grand jour. L'Agneau, les bébés, Nestorine et son frère, les parents des uns et des autres sont dans la chambre mitoyenne.

Je chancelle sur mes jambes. Maman me demande si je veux manger avant ma douche. À la vue du plateau repas, je ne peux pas résister.

Il y a deux œufs, des pommes de terre rissolées, des muffins, des croissants, du pain grillé, des yaourts, des bagels, de la confiture, deux sortes de jus de fruits. Je succombe à la tentation. La douche pourra attendre. Dans la vie, il y a des plaisirs que l'on ne découvre que lorsqu'on en est privé. Cette réflexion me prouve que je vieillis. Quel choc en me voyant dans le miroir! J'ai subi une accélération du temps! J'ai la tignasse dans tous les sens, des sacs sous les yeux, les joues creuses, le teint olives vertes en pré-moisissure.

La douche est un régal. Je chante sous l'eau. Je renais.

– Nous avons une surprise pour toi, m'annoncent en chœur papa et maman. Es-tu partant?

– Oui!

Juste au même instant, le téléphone sonne.

Mon père répond. Il a le visage sérieux, sa voix est grave.

– Modification du programme. Notre surprise ira à plus tard. La police veut enquêter. Ils vont te conduire de nouveau au poste.

– Ah! Non!

Je suis effondré, ce n'est vraiment pas drôle.

Les gaillards viennent me cueillir à l'entrée de notre chambre. Recommence le trajet vers les bureaux. Cette fois, sans sirènes ni gyrophares. Je suis assis à l'arrière, triste et fatigué.

Enfin, nous voici chez le chef des chefs. Prise deux, roulez!

– C'était un travail de policiers, pas d'amateur. Vous avez mis votre vie et celles des enfants en danger.

Ce n'est plus l'euphorie d'hier! Et il continue :

– Vous avez beau avoir du courage, les enquêtes, on les laisse aux professionnels. Nous sommes en présence de bandits sans scrupules et hautement organisés.

– Vous avez pas mal traîné!

– Vous n'êtes pas qualifié, jeune homme, pour juger de notre travail. Et je n'ai pas à me justifier devant vous! Vos insultes, gardez-les pour vous.

Silence.

– Il est vrai que les bandits nous ont semés et que le message à la dame a permis de confirmer votre localisation. Nous avions déjà une piste.

– Ah oui?

Un de leurs collègues est resté à l'hôtel.

– Qui?

– Celui qui essayait de faire démarrer le quatre quatre dans le stationnement souterrain et qui a pris en otage le balayeur. Eh bien, c'est le balayeur qui nous l'a livré! Nous avons eu l'occasion de cuisiner le bandit. Il a été volubile. Votre message a néanmoins été utile.

– Merci!

– Ensuite vous avez pris des risques inadmissibles.

– J'étais otage, j'ai fui!

– Ceci étant dit, (là, le chef se cale confortablement dans son fauteuil, se roule les pouces et sourit) vous avez été une aide précieuse.

– Et Fil de fer et le Barbu?

– Je pense savoir de qui vous parlez. Ils sont sous les verrous. Ce sont des rabatteurs. Ils repèrent les victimes. Ils ont été les premiers arrêtés. Vous avez été plus rapide que nous.

– Heureusement.

– Hum! Hum! Je poursuis. Ce qui nous a surpris, c'est que ces rapts pour prélèvements d'organes ont généralement lieu dans les pays pauvres. De nombreux enfants ou jeunes adultes en sont victimes. Les organes prélevés sont habituellement acheminés par des circuits clandestins vers les clients du Nord. Parfois, une série d'intermédiaires transforment ces vols en dons. Me comprenez-vous? Je ne veux pas dire que tous les dons d'organes sont des vols. La très grande majorité sont le fait de généreuses personnes et de familles de défunts, tout se déroulant dans le même hôpital sous la surveillance d'un personnel qualifié. Là où il peut parfois y avoir des doutes, c'est dans les pays pauvres. Certains dons sont plus ou moins forcés, pour de multiples raisons, dont la misère. Tenez, voici les prix d'un rein, d'un œil et d'autres organes dans différents pays.

Il me montre des colonnes de dollars et des noms de pays.

– Et voici des donateurs, la plupart sont volontaires. Pour certains, nous avons des doutes. Ici, vous pouvez voir des photos et des gens qui montrent leurs cicatrices. La faim, la pauvreté, que sais-je, poussent certains à vendre une partie de leur corps, ou à forcer d'autres à le faire. Pour les enfants malades, en raison de la fragilité de leur organisme, la demande d'organes est grande, urgente, les prix élevés. Je ne suis pas spécialiste en ce domaine et je ne veux pas tout vous expliquer maintenant. Les cas comme celui qui nous occupe aujourd'hui semblent devenir de plus en plus fréquents. Il y a des histoires d'horreur dans de nombreuses villes du monde.

J'ai des haut-le-cœur.

Mes parents entrent dans le bureau avec l'Agneau. Ouf! Je respire.

Le chef les salue et leur résume le discours qu'il vient de me tenir.

– Pourquoi se sont-ils attaqués à ces deux enfants en particulier? Il y a ici des milliers d'enfants comme eux, à New York même!

– Bonne question, Monsieur. Nos services ont étudié attentivement ce point. Notre conclusion est que ces enfants ont quelque chose de particulier. Nous avons alors contacté nos collègues français qui ont eu accès aux dossiers médicaux confidentiels des jumeaux.

– Et?

Nous sommes suspendus aux paroles du chef de police.

– Nos collègues ont les preuves que les bandits ont réussi à accéder à ces fichiers médicaux, pourtant confidentiels, je le répète. Partout où on passe, on laisse des traces, surtout en informatique. Nous avons ainsi mieux compris les motivations des bandits. Figurez-vous qu'ils ont identifié et localisé les enfants en fonction du profil médical qu'ils cherchaient.

– C'est-à-dire? demande ma mère.

– Le dossier médical révèle que les particularités génétiques de ces jumeaux rendaient les greffes compatibles avec de nombreux receveurs. Cela, les parents des jumeaux l'ont toujours su. Les médecins français leur avaient mentionné cette originalité. Pour les parents, ce n'était qu'un renseignement parmi d'autres. Pour les bandits ce fut une information essentielle.

– Les malfaiteurs avaient donc repéré les enfants à Paris?

– Oui, le Loup, ils les avaient déjà pris en filature en France!

Je suis bouche bée.

– Ils les auraient enlevés en France?

– C'est ce qu'ils prévoyaient. Pour transporter ensuite les organes aux États-Unis.

– Et les parents leur ont amené les petits directement ici!

– Totalement exact, le Loup! Ce congrès a changé leur plan initial et a ironiquement facilité leur entreprise.

Je suis troublé, comme si le destin avait dicté que c'est à New York que les jumeaux, ou des organes des jumeaux, devaient inévitablement aboutir. Je me sens tout petit dans ce piège aux dimensions insoupçonnées.

– Pourquoi Fil de fer et le Barbu étaient-ils dans l'avion?

– L'Agneau, ainsi ils surveillaient leur proie!

Je frémis de peur. Je mesure l'ampleur du danger et mon inconscience.

– Fil de fer et Le Barbu, comme vous les nommez, sont des rabatteurs. Ce sont eux qui ont déniché les enfants, infiltré les dossiers médicaux. Ce sont des as, dans leur genre, intelligents mais tordus.

– Pourquoi faisaient-ils ça?

– L'argent, Madame, des sommes considérables sont en jeu. Les demandeurs veulent des personnes saines, compatibles, d'un certain âge. Les commandes sont précises.

– C'est sordide.

– Hélas, oui! et nous sommes en présence de réseaux, pas de simples individus. Pour faire autant de mal, aussi vite et aussi loin, il faut des cerveaux, de l'argent et des esprits maléfiques.

– Le Loup, dès que nous avons eu connaissance de cet enlèvement, nous avons mis en route les services compétents. L'enquête n'est pas encore terminée. Une seule cellule du réseau est détruite, celle-ci. Nous travaillons sur les autres antennes. C'est long, mais nous y arriverons! Si la police semble parfois lente à réagir, elle avance et avec des preuves tangibles.

– Comment savaient-ils que les enfants seraient dans cet avion?

– Depuis des semaines, les bandits suivaient les faits et gestes de cette famille, ils l'espionnaient quotidiennement.

– J'ai peur, confie l'Agneau.

Il se serre contre notre mère. Moi, j'ai des papillons dans le ventre. Cette machination me paraît tellement compliquée et odieuse que je n'aurais pas pu l'imaginer. Et pourtant, j'ai souvent l'esprit vagabond.

– Voilà où nous en sommes, c'est la réalité, plutôt triste n'est-ce pas? Cependant, cette fois, les bandits ont perdu et nous sommes en avance sur leur terrain. Nous gagnerons, j'en suis certain! Nous allons mettre fin à cette rencontre. Si nous avons besoin de plus amples informations, un de mes collègues de l'ambassade vous rencontrera à Paris.

Je suis éberlué et amer. Au début, le chef avait un ton militaire, ça me reste sur le cœur. Si je me suis mis dans le pétrin, c'était tout de même pour sauver les jumeaux. Hier, j'étais un héros, aujourd'hui, je passe pour un inconscient.

– Le Loup, à l'avenir, soyez prudent.

Je baisse la tête, moi les sermons, ce n'est pas ma musique préférée!

Il ajoute :

– Au nom de la police de New York, je me permets néanmoins de vous féliciter. Vous avez été un limier de premier plan. J'ignore vers quelle carrière vous comptez vous orienter. Cependant, si vous le désirez, dans quelques années, je vous invite volontiers à venir effectuer un stage parmi nous. Vos qualités compensent vos défauts, et je constate que vous avez, outre votre curiosité en constant éveil, une grande capacité à encaisser les coups et les remontrances. Bravo! Je tiens également à vous complimenter pour votre excellence en anglais, comme quoi il n'y a pas que l'enseignement américain qui est performant. Sans rancune, le Loup!

Et il me tend sa grosse paluche.

Cette volte-face dans le discours de l'inspecteur me fait du bien.

– Vous avez beau être fort, le Loup a beaucoup de souffle, affirme l'Agneau. Je suis sûr qu'il peut vous battre à la course!

Le chef ne comprend pas, un agent traduit.

L'inspecteur se penche vers mon frère.

– Ne me dites pas que vous êtes deux frères du même genre! Vous êtes tous comme ça, les petits Français?

L'Agneau, qui n'aime pas qu'on lui rappelle qu'il est encore petit, hausse les épaules et réplique :

– J'sais pas.

– Bon! Les enfants, maintenant nous allons prendre une photo ensemble avec votre famille. J'aimerais l'avoir dans mon bureau.

– Finalement, vous tenez à nous, je ne peux m'empêcher de lui lâcher, au chef.

– Bien sûr, j'ai tremblé comme si tu étais mon fils, le Loup, et ce que je t'ai dit, je l'aurais dit à mon fils. Moi non plus, je n'ai pas dormi ces temps-ci; moi aussi, je sors du cauchemar. Comprenez-vous, Monsieur le Loup?

Je baisse les yeux, je soupire. C'est beaucoup pour moi, tout ça!

Et il continue sur un ton complètement différent :

– Si vous le permettez, Madame et Monsieur, j'aimerais vous accompagner pour le reste de l'après-midi. O.K.?

Mes parents acceptent d'emblée.

– Une minute, je vous prie!

Nous sommes seuls dans le bureau du chef. J'en profite pour regarder les photos au mur. L'Agneau me suit, la bouche ouverte. On voit le chef avec tous les grands de ce monde.

Quelques secondes plus tard, le chef revient, souriant, en jeans et polo. Les muscles de ses bras m'impressionnent.

– Le bureau, pour vous récompenser, malgré tout (il sourit), vous offre mes services pendant quelques heures. Disons que je m'accorde ce congé. J'ai des tonnes de dossiers, mais cette fois je considère que, moi aussi, je mérite un peu de repos. Nous disposons d'une voiture banalisée. Madame, vous m'aviez dit que vous souhaitiez faire une surprise à votre fils?

– Le Loup, que dirais-tu d'aller au bord de la mer?

Chouette! Oui! J'ai envie de respirer l'air du grand large.

Et c'est parti!

New York sous le soleil. Je revis. Manhattan et ses taxis jaune canari. Circulation intense, vélos, patins, coureurs, publicités, papiers au vent, poussières. On roule et cela s'appelle «Liberté»! Et Parker, je sais enfin son nom, le chef Parker, nous conduit vers Long Island.

Traitement royal, personne de sa vie n'a eu cette faveur, se promener avec un chef de police de New York! Quand je raconterai ça, on ne me croira pas, comme si le chef de police de cette métropole avait un après-midi à perdre avec un Français!

Quelle plage! Pas trop loin de la ville, des maisons à façade grise et blanche, des dunes, des sentiers, des goélands, le vent frais de l'océan.

Les vagues montent et descendent, je respire à pleins poumons. Manhattan est au loin, dans la brume chaude et polluée.

– La ville est dans le fumar, le pouillard, m'explique l'Agneau.

Je capte toutes les ondes marines, je cours.

Je m'arrête, un groupe avance vers nous. Ils sont nombreux.

Je regarde mes parents, Parker, ils sourient. J'ai l'impression que c'est une surprise dans la surprise.

Chapitre vingt et un

Raconte!

Ils ont un chien. Ils lâchent la boule blanche tachetée de gris.

– Massi! Massi! je crie de joie.

Il galope vers moi. C'est un des plus beaux instants de ma vie.

Je l'embrasse. Il n'a pas de muselière. Il me lèche le visage, les jambes. Il saute. Je tombe presque à la renverse. Je serre son cou. Il émet ses grognements d'ours.

George essaie de le rappeler gentiment. Le toutou insiste, se colle contre moi.

Il y a la famille Lavertue au complet et *Big Mama*, et *miss Basta,* qui s'appelle Angela, me dit-elle. Il est temps qu'on se connaisse! Il va falloir que je note tout ça dans mon calepin, qui est plutôt vide, et ma tête trop pleine. Quelle histoire à raconter et quelle balade fabuleuse!

Nous marchons sur la plage, j'aimerais que le temps s'arrête.

Le vent joue dans les cheveux de maman. L'Agneau gambade avec Massi. Papa et les Lavertue parlent du congrès qu'ils ont presque complètement manqué. Nestorine et *Big Mama* se rappellent les plages d'Haïti. Angela fredonne un air de jazz. Quelle voix, la *miss!* Si ce n'est pas le bonheur, ça lui ressemble.

Le lendemain, comme de bons touristes anonymes, nous avons pu visiter New York. Dommage, il n'y avait pas de parties de basket-ball avec les *Harlem Globe Trotters*. Ils étaient en tournée en France! Même si j'ai vu ce que je voulais voir, mon esprit était ailleurs. Je pensais au retour. Mon vrai compagnon, le seul qui ne m'a pas grondé, qui m'a compris, a partagé mes peurs et ma captivité, c'est Massi.

Les autres, ce sont des humains, ils vont se débrouiller, mais lui, l'akita, lui, je vais le regretter. Comme j'ai regretté Blanchette, qui me disait : «Prudence, prudence».

Lui, l'akita, c'est un loup, comme moi!

Dans le taxi qui nous conduisait à l'aéroport, nous étions muets. À quoi songeaient papa, maman, l'Agneau? Moi, je refaisais le chemin de l'aller. Je ne m'attendais vraiment pas à ça! Que des humains puissent traiter ainsi des enfants me révolte.

Nous avons enregistré nos bagages et là, ce fut encore une surprise.

Le chef Parker, en grand uniforme, nous a demandé de le suivre. Tout le monde s'écartait sur son passage. Nous avons marché, toute la famille, dans des couloirs et d'autres couloirs encore.

Nous avons débouché dans une salle, il y avait du monde et des journalistes. Dès que nous avons atteint le podium, ce fut la fête.

Big Mama-Vénus, miss Basta-Angela, et plein d'autres personnes se sont mises à chanter *Ce n'est qu'un au revoir,* mais dans le style gospel, avec *alléluia* partout. Le chef Parker swinguait lui aussi, ainsi que la policière et le copilote qui m'avaient offert les chips.

Big Mama entraînait le chœur. Nestorine et son frère dansaient. L'Agneau et moi, on était figés. Papa et maman chantaient. Dans un coin, j'ai vu George et le chien tenu en laisse et portant sa muselière. Massi me fixait. Je suis allé tout de suite l'étreindre. Je pleurais de bonheur de le voir là et de tristesse de devoir le quitter.

Il y eut de brefs discours, des blagues. Les jumeaux étaient aux anges. Ils riaient en tenant les ballons que l'on venait de leur offrir.

On nous a appelés pour l'embarquement. Des hôtesses ont repris les ballons des mains des petits. Elles leur ont donné des peluches. Les petits ont toléré l'échange. Le chœur a repris de plus belle, diffusant encore plus d'émotion et de nostalgie. J'avais l'esprit chaviré. Chaque fois que je faisais un pas, l'akita me suivait et s'asseyait à mes pieds. Il pensait qu'il allait m'accompagner dans l'avion.

Quand je lui ai dit au revoir, il m'a regardé tristement en bougeant sa tête.

Je lui ai fait un gros câlin et je lui ai dit :

– Merci, Massi!

George m'a donné l'accolade.

– Merci, c'est mon meilleur ami. Maintenant, nous retournons chez nous, au Canada. Il fait trop chaud pour lui à New York. L'hiver est son royaume!

Le chien s'est réfugié contre George, qui l'a caressé.

Je suis parti. Massi allait de nouveau être heureux, chez lui. Finie la barbarie pour mon nounours. Je pleurais. J'ai salué les gens, si gentils, venus nous dire au revoir. Parker m'a amicalement tendu la main. Tous chantaient, et c'était déchirant. J'ai jeté un dernier coup d'œil à Massi, j'étais effondré.

Je me suis assis à ma place dans l'avion, près de l'Agneau.

J'ai entendu papa et maman faire un gros Ouf!

Les jumeaux étaient devant nous. Ils se retournaient sans cesse en rigolant. Je les embrassais, mes trésors.

J'ai sorti mon calepin, et tandis que la plage de Long Island glissait sous les ailes, je revoyais nos amis, nous marchions ensemble sur ce sable en bas. L'akita gambadait près de moi, c'était le bonheur après la tempête sur New York.

Maintenant, sous le regard des petits qui gloussent de joie près de nous, je m'apprête à écrire une longue lettre à Blanchette, la petite chatte de l'immeuble, celle qui m'attend près de notre appartement de Maisons-Alfort. Une chatte nourrie, comme tous les autres minous de l'immeuble, par des bénévoles. Je suis sûr qu'elle viendra vers moi et qu'elle me dira : « raconte! »

Le lendemain, dès que nous sommes arrivés chez nous, Blanchette s'est approchée, elle a senti mes vêtements, elle s'est installée sur mes genoux.

– Heureuse que tu sois de retour, le Loup, miaulait-elle.

– Heureux de te revoir, Blanchette.

– Tu sens le chien, mais je ne t'en veux pas. Tu n'as pas l'air de t'être ennuyé. Allez, raconte-moi donc Paris-New York!

Table des matières

Du même auteur

Aux Éditions du Vermillon

L'attrape-mouche. Récit, collection *Parole vivante*, n° 6, 1985, 128 pages

Un clown en hiver. Roman, collection *Romans*, n° 1, 1988, 176 pages. **Prix littéraire *LeDroit***, 1989

Paris-Québec. Roman, collection *Romans*, n° 4, 1992, 236 pages. **Prix littéraire *LeDroit***, 1993

Rendez-vous à Hong Kong. Roman, collection *Romans*, n° 5, 1993, 272 pages

Les chiens de Cahuita. Roman, collection *Romans*, n° 11, 1994, 240 pages

Une île pour deux. Roman, collection *Romans*, n° 13, 1995, 172 pages

Lettres à deux mains. Un amour de guerre, collection *Visages*, n° 5, 1996, 160 pages

Le Loup au Québec. Roman, collection *Romans*, n° 20, 1997, 220 pages

Paris-Hanoi. Roman, collection *Romans*, série *Jeunesse*, 1998, 232 pages, **Prix littéraire *LeDroit***, 1999

Les petites mains. Enfants du Mexique, collection *Visages*, n° 9, 1999, 96 pages

Aux Publications Marie et Notre Temps

Vous les jeunes! Réponses à des questions qui vous hantent (avec Paul Gay, spiritain), septembre 1999, 144 pages

Aux Éditions Le Grand Large

Les petites âmes. Récits, 2000, 176 pages

Paris-New York
est le deux cent vingt-neuvième titre
publié par les Éditions du Vermillon.

Composition
en Bookman, corps onze
sur quinze
et mise en page
Atelier graphique du Vermillon
Ottawa (Ontario)
Infographie de la couverture
Christ Oliver
Films de couverture
Impression et reliure
AGMV Marquis
Cap-Saint-Ignace (Québec)
Achevé d'imprimer
en mars de l'an deux mille deux
sur les presses de
AGMV Marquis
pour les Éditions du Vermillon

ISBN 1-894547-33-0
Imprimé au Canada

AGMV Marquis

MEMBRE DE SCABRINI MEDIA

Québec, Canada
2002